彰化學
杜忠誥

彰化學

彰化學

# 白色煉獄
# 曹開新詩研究

王宗仁著　蕭蕭校審

晨星出版

【叢書序】

# 啓動彰化學

## ——共同完成大夢想

林明德

二十多年來，台灣主體意識逐漸抬頭，社區營造也蔚爲趨勢。各縣市鄉鎮紛紛編纂史志，大家來寫村史則方興未艾。而有志之士更是積極投入研究，於是金門學、宜蘭學、澎湖學、苗栗學、台中學、屏東學……，相繼推出，騰傳一時。

大致上說來，這些學術現象的形成過程，個人曾直接或間接參與，於其原委當有某種程度的了解，也引起相當深刻的反思。

一九九六年，我從服務二十五年的輔大退休，獲聘於彰化師大國文系。教學、研究之餘，仍然繼續台灣民俗藝術的田調工作。一九九九年，個人接受彰化縣文化局的委託，進行爲期一年的飲食文化調查研究，帶領四位研究生進出二十六個鄉鎮市，訪問二百三十多個飲食點，最後繳交《彰化縣飲食文化》（三十五萬字）的成果。

當時，我曾說過：往昔，有一府二鹿三艋舺的符碼；今天，飲食文化見證半線風華。這是先民的智慧結晶，也是彰化的珍貴資源之一。

彰化一帶，舊稱半線，是來自平埔族「半線社」之名。清雍正元年（1723），正式立縣；四年（1726）創建孔廟，先賢以「設學立教，以彰雅化」期許，並命名爲「彰化縣」。在地理上，彰化位於台灣中部，除東部邊緣少許山巒外，大部分屬

於平原，濁水溪流過，土地肥沃，農業發達，有「台灣第一穀倉」之美譽。三百年來，彰化族群多元，人文薈萃，並且累積許多有形、無形的文化資產，其風華之多采多姿，與府城相比，恐怕毫不遜色。

二十五座古蹟群，各式各樣民居，既傳釋先民的營造智慧，也呈現了獨特的綜合藝術；戲曲彰化，多音交響，南管、北管、高甲戲、歌仔戲與布袋戲，傳唱斯土斯民的心聲與夢想；繁複的民間工藝，精緻的傳統家俱，在在流露令人欣羨的生活美學；而人傑地靈，文風鼎盛，舊、新文學引領風騷，成果斐然；至於潛藏民間的文學，既生動又多樣，還有待進一步的挖掘與整理。

這些元素是彰化的底蘊，它們共同型塑了「人文彰化」的圖像。

十二年，我親近彰化，探勘寶藏，逐漸發現其人文的豐饒多元。在因緣俱足之下，透過產官學合作的模式，正式推出「啓動彰化學」的構想。

基本上，啓動彰化學，是項多元的整合工程，大概包括五個面相：課程設計結合理論與實際，彰化師大國文系、台文所開設的鄉土教學專題、台灣文化專題、田野調查、民間文學、彰化縣作家講座與文化列車等，是扎根也是開拓文化人口的基礎課程，此其一；爲彰化學國際化作出宣示，2007彰化文學國際學術研討會聚集國內外學者五十多人，進行八場次二十六篇的論述，爲彰化文學研究聚焦，也增加彰化學的國際能見度，此其二；彰化師大文學院立足彰化，於人文扎根、師資培育、在職進修與社會服務扮演相當重要角色，二〇〇七重點發

展計畫以「彰化學」爲主，包括：地理系〈中部地區地理環境空間分析〉、美術系〈彰化地區藝術與人文展演空間〉與國文系〈建置彰化詩學電子資料庫〉三個子題，橫向聯繫、思索交集，以整合彰化人文資源，並獲得校方的大力支持，此其三；文學院接受彰化縣文化局的委託，承辦2007彰化學研討會，我們將進行人力規劃，結合國內學者專家的經驗與智慧，全方位多領域的探索彰化內涵，再現人文彰化的風貌，爲文化創意產業提供一個思考的空間，此其四；爲了開拓彰化學，我們成立編委會，擬訂宗教、歷史、地理、生物、政治、社會、民俗、民間文學、古典文學、現代文學、傳統建築、傳統表演藝術、傳統手工藝與飲食文化……等系列，敦請學者專家撰寫，其終極目標乃在挖掘彰化人文底蘊，累積人文資源，此其五。

彰化師大扎根半線三十六年，近年來，配合政策積極轉型爲綜合大學，努力參與社區總體營造，實踐校園家園化，締造優質的人文空間，經營境教，以發揮潛移默化的效果，並且開出產官學合作的契機，推出專案，互相奧援，善盡知識分子的責任，回饋社會。在白沙山莊，師生以「立卦山福慧雙修大師彰師大，依湖畔學思並重明德化德明。」互相勉勵。

從私立輔大退休，轉進國立彰師大，我的教授生涯經常被視爲逆向操作，於台灣教育界屬於特例；五年後，又將再次退休。個人提出一個大夢想，期望結合眾多因緣，啓動彰化學，以深耕人文彰化。爲了有系統的累積其多元資源，精心設計多種系列，我們力邀學者專家分門別類、循序漸進推出彰化學叢書，預計每年十二冊，五年六十冊。並將這套叢書獻給彰化、台灣與國際社會。

基本上，叢書的出版是產官學合作的最佳典範，也毋寧是台灣學的嶄新里程碑。感謝彰化縣文化局、全興、頂新、帝寶等文教基金會與彰化師大張惠博校長的支持。專業出版社晨星的合作，在編輯、美編上，爲叢書塑造風格，能新人耳目；彰化人杜忠誥教授，親自題寫「彰化學」三字，名家出手爲叢書增色不少，在此一併感謝。

回想這套叢書的出版，從起心動念，因緣俱足，到逐步推出，其過程眞是不可思議。

「讓我們共同完成一個大夢想吧。」我除了心存感激外，只能如是說。

・林明德（1946～），台灣高雄縣人。國立政治大學中文博士。現任國立彰化師範大學國文學系教授兼副校長。投入民俗藝術研究三十年，致力挖掘族群人文，整合民俗藝術，強調民俗是一切藝術的土壤。著有《台澎金馬地區匾聯調查研究》（1994）、《文學典範的反思》（1996）、《彰化縣飲食文化》（2002）、《阮註定是搬戲的命》（2003）、《台中飲食風華》（2006）等書。

【作者序】

# 零才是真正的圓美

王宗仁

曹開在〈舍利子〉一詩中說：「零才是眞正的圓美／它經過死亡方程式，浴火重生／曾提煉過毀滅，涅槃／顯示零不朽的魂魄空靈……／無懼於任何厄運劫數」。哈佛大學商學院教授羅伯·卡普蘭（Robert S. Kaplan）則說：「光看零的表面，似乎空無一物；但只要深入瞭解，就能看透整個世界。」大學就讀政治系的我，沒有任何文學及創作的基礎，退伍、工作後才在偶然間開始接觸文學、創作新詩，並因而就讀中研所；從零開始前行，幾度退縮到零、又再決定前進，一切就如撰寫論文的過程般，心中百感交陳；上述兩段話正是我踉蹌後匍匐前進的心靈寫照，但能看透世界的舍利子至今仍不知如何能尋（化）。

論文得以順利完成，首先要感謝曹開的夫人羅喜女士，她欣然接受我採訪、錄音的要求，花了許多時間找到曹開所有的手稿，並且允諾商借，讓我得以將這些珍貴的資料詳細整理、存檔；能夠擦亮塵封的詩句重新見證歷史，意義頗大。羅喜女士的親切、堅毅，與訪談中所流露出對曹開懷念的神情，讓我印象深刻。

感謝蕭蕭老師費心的指導，並在百忙中多次親自傾囊解惑，這段期間老師爲我所付出的時間、精力，以及眞摯的提攜與鼓勵，我將永難忘懷。感謝林明德、向陽兩位口試老師，在我思考盲昧處精闢點睛，論文架構、內容才得以漸趨完整。

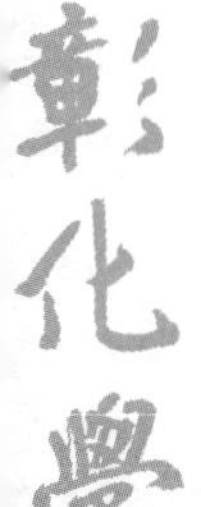

此外，要特別感謝在我新詩創作上啓蒙的岩上老師，承逢他的教授與鼓勵，讓我能走上創作與研究之路，並在我撰寫論文和創作上遇到瓶頸、萌生退意時，給予我最溫暖、堅強的後盾。撰寫論文期間，多受林明德老師、鄭邦鎮老師、趙天儀老師、渡也（陳啓佑）老師、柯金虎老師等多所鼓勵與啓發，亦謹此致謝。

詩，是人世間最偉大的力量；新詩創作上的老師、詩友，因朗讀他們嘔心瀝血的詩冊，而讓我在最苦悶的撰文期間，精神上得以受到莫大的支撐。感謝吳晟老師、林亨泰老師、向陽老師、蘇紹連老師、隱地老師、莫渝老師、白靈老師、焦桐老師、康原老師，以及詩友長青、忠政、小樣、威仁、正偉。其中要特別提到長青、忠政、小樣三位詩閨密友，因爲大家經常一起在咖啡館、泡沫茶店、公園走道邊、馬路旁、美術館前，或到彼此家中徹夜談詩（嬉戲聊天？），所以非常快樂。感謝他們，否則我在文字世界裡會感覺到無比孤單。

最後要感謝的，是父母、弟妹，還有妻子小實的包容與支持；如果我能有一絲絲小小的成就，他們是這一切的根源。

二〇〇七年五月三十日 誌於彰化

# 前言

1949至1987年長達三十多年的時間中，台灣因二二八事件與白色恐怖而遭劫的受難者相當多，有部分人也因而留下了文字紀錄；這些被稱爲二二八文學或者監獄文學的作品中，小說、散文較多，新詩最少，而在新詩作品中最具代表性之一的便是曹開。1949年曹開因被誣指涉入叛亂組織而被捕，約自1951年就開始在獄中創作，一直到1997年去世爲止，共寫作約一千五百首新詩，內容大多描述獄中生活、控訴政治的迫害，以及自己從數學中所悟出的哲理；本論文除了親自訪談曹開夫人羅喜女士外，並蒐集到曹開所有的手稿與創作資料以爲研究之用，而曹開作品中如何反映時代和大環境的面向，以及經歷苦難後所呈現出的精神與特色，是本論文亟欲探討之問題。

本論文第一章緒論，概述了研究動機與目的、文獻資料之回顧與探討，以及研究預期成果，第二章介紹曹開的家庭背景和生命中各時期的創作與變化，第三章至第六章則針對曹開所有作品，先概分爲數學詩、獄中詩、醫事詩、科技詩四個部分，各章並再另闢數小節以詳細討論，結論方面，則總結了本論文研究成果及心得。附錄分爲兩部分，附錄一「與曹開併肩背負沈重的大石——曹開之妻訪談記」是筆者親訪曹開夫人羅喜女士所整理之訪談逐字稿，附錄二「曹開生平年表」則是參考呂興昌教授在曹開詩集中所附錄的「曹開生平年表簡編」，予以擴增、補充，再加上與數學、醫學、科技等相關之台灣大事紀所彙編而成。

＊1987年8月，曹開在妻子大力鼓勵並親身陪同前往報名之下，參加第九屆鹽分地帶文藝營爲學員，以〈天平〉、〈小數點〉獲新詩創作第一名，是爲生平第一次發表新詩作品。

小數点的願望

當一個小數点
經過無情的因式分解後
未被四捨五入的原則而犧牲
從〔剝孤〕的困纏中
得到自救　脫穎而出
像一隻被錮禁的鳥得到釋放
不再受到隔絕孤立
而自由了的時候
歡欣展翅　大步朝向
瑞彩的天空飛翔
我所期望的今天的台灣
就是這樣——
我天天就是因此
為家邦與鄉親不斷地歌唱

＊曹開手稿〈小數點的願望〉。（王宗仁攝）

給小數点台灣

台灣，你在煩雜的世界裡
變幻莫測的函數中
經過漫長無情的演算
你仍是個獨屹的小數点

小數点，台灣，你像一顆金星
高配着無窮大的天体
面對無數的級數與冪數
孕育不朽的光芒

極權者的國度，許多根正在擴散
鋼禁的括弧將要因式分解
數不清的卑微數群在黑暗中呼喚
渴望你小數点定位，導向正確方程

小數点，台灣，你是一顆至寶無上的鑽石
渺小而偉大又珍貴的試金石
緣何自賤？快起來發揚光大
不要在紊亂中再猶豫彷徨哀鳴

喊，小數点台灣，面對四捨五入的存亡關頭
我們齊心來擁護你從困境中更生
共同奔向一個理想的軌跡
一個座標上的信仰中心——□□□□

快起來小數点，台灣，擇公理依定律
你並非珠胎暗結的結晶，或人造的水晶球
你是宇宙母体孕育的舉世無双的夜明珠
你有崇高至上的名份。

你不會是人工培養的胎盤——休止符
你是大自然誕生的珍珠
難道你還在大海的胎房中酣睡
新的光輝，尚未覺醒臨盆

不过台灣，親愛的小數点，精打細算
當你的希望信心逝去的
僅是一塊模糊的夢園
就會像隨浪作樂的海船。

＊曹開手稿〈給小數點台灣〉。（王宗仁攝）

＊曹開手繪稿。（王宗仁攝）

＊曹開手繪稿。此圖係拼貼圖片後，再以水彩修飾。（王宗仁攝）

【目錄】contents

【目錄】contents

# 第1章 緒論

## 一、研究動機與目的

1949至1987年長達三十八年的時間，台灣均處在戒嚴體制的政治嚴密控制下，其中以「五〇年代白色恐怖」的悲歌最讓人動容，但關於這段歷史的集體記憶長期受到扭曲與消音，白色恐怖的受難者及相關的民間團體僅能透過私下的集結與聯絡，小心翼翼地保存這些傷痛的跡痕。解嚴前後，過去被壓抑的眾多聲音終於浮上檯面，許多人開始透過紀念儀式、平反活動、修改法令、保存歷史地標等方式來讓事實呈現，而五〇年代當時以文學呈現的相關紀錄，也終於能重見天日，爲這段苦難的歷史作見證。

關於二二八事件與白色恐怖相關的文學創作可分爲兩個類型，即作者是否爲直接受害者的分別，但其實兩者都對這一特殊時期皆有所感觸，因而都寫下爲數不少的作品。當時台灣因二二八事件與白色恐怖的直接受害作家爲數不少，例如在日據時期被稱爲「台灣創作界麒麟兒」的小說家朱點人（1903—1949），戰後被譽爲「台灣第一才子」的小說家呂赫若（1914—1951），小說、劇作家張深切（1904—1965），詩人、小說家王詩琅（1908—1984），詩人、美術評論家王白淵（1902—1965），小說家張文環（1909—1978），小說家楊逵（1905—1985），詩人、散文家、小說家吳新榮（1907—1967），小說

家、文學理論家葉石濤（1925－），詩人、詩論家林亨泰（1924－），小說家、評論家陳映真（1937－），詩人、小說家柯旗化（1929－2002），在監獄中寫作《囚室之春》[1]的施明德（1941－），詩人曹開（1929－1997）……等。不幸的是，許多優秀的作家在這些事件中罹難或失蹤，倖存下來的也多鋃鐺入獄，在肉體與精神上受到嚴厲的監控與限制，幸好也有多人在獄中已開始偷偷用文學抒發與記錄，出獄後也在依然有情治單位監控的情形下繼續書寫，成爲日後瞭解、見證這段歷史最直接，同時也最有力的證據。

這些被稱爲二二八文學或者監獄文學的作品中，小說佔最大多數，其次是散文，新詩數量最少，而在新詩這一類別中最具代表性的則是柯旗化[2]與曹開。柯旗化曾出版個人回憶錄《台灣監獄島》，此外在詩集《鄉土的呼喚》中，也收入了柯旗化的34首新詩；至於曹開的監獄新詩則多達一千五百首，也最值得探索。

1949年曹開就讀台中師範學校美術類組三年級的時候，因爲被懷疑牽涉中共地下學委會相關組織被捕，被監禁在火燒島將近十年之久，而曹開在其中創作了約有一千五百首的新詩，

---

1 施明德，《囚室之春》，高雄市：敦理，1989年。

2 柯旗化（1929－2002），高雄市人，國立臺灣師範大學英語系畢業，曾任中學英語教師多年。一生兩度繫獄，第一次是在1951年，受同事思想問題之牽連而遭捕，1953年就結束於綠島新生訓導處之感訓，1961年又因他人自白書提及其加入其台共組織再度入獄，判有期徒刑12年，期間多半囚於台東泰源監獄，後因發生台東泰源監獄暴動事件，1972年4月下旬隨泰源監獄全體受刑人移送綠島，至1967年6月19日才被釋放，一生繫獄幾達十七年，詩作多收錄於《鄉土的呼喚》詩集中。

類別有數學詩、獄中詩、科技詩與醫事詩等，大多描述獄中生活及控訴政治的迫害。曹開用了非常久遠的時間，大量的以新詩作品來記錄這一段在台灣充滿禁忌與被消音的記憶；不揣淺薄，本論文希望能夠針對曹開這位歷經白色恐怖的作家生平及其作品，做全面且綜觀性的分析與討論，希冀研究成果能夠驅離白色恐怖歷史的迷霧，並讓曹開在台灣新詩史上的位置更加清楚與確定。

## 二、文獻資料回顧與探討

本論文蒐集到的資料分別有第一手資料與其他資料。

### （一）第一手資料

1、口述歷史

爲了對曹開的思想、人格與作品能夠有進一步的瞭解，筆者特地南下高雄親訪曹開結髮之妻羅喜女士；羅喜爲人和善親切，對於曹開生前的一切皆知無不言。曹開歷經白色恐怖之後，對人性產生質疑且多所設訪，因此幾乎沒有朋友，都是獨來獨往，而妻子便成了他最重要的傾吐對象。由於羅喜女士的侃侃而談，讓我們對曹開的內心世界與行事風格有更深入的理解，本論文亦將這段訪談整理成文字稿，列作附錄。

2、曹開手稿

因爲有曹開妻子羅喜女士的協助，因此筆者得以親見曹開一生所寫下的全部手稿，並再詳細分類整理成電腦檔案保存。曹開的字跡就如其人般清秀中又帶剛勁，因此手稿內容大多清

楚易讀，除掉部分摻雜的古詩、短篇劇本之外，新詩數量高達約一千五百首。此外，曹開當初爲了計畫要出版詩集，在手稿方面已經有了初步的分類與整理，概略分爲數學詩、獄中詩、科技詩、醫事詩等，成爲本論文分析作品的重要參考。

詳細數量方面，在筆者將所有手稿作品以電腦建檔，再將所有資料親手整理、合併、刪除重複後，統計出數學詩約278首，獄中詩約396首，醫事詩約104首，科技詩約249首，其他雜類約406首，總數約1,433首；「雜類」則是筆者大略將其他散逸未訂集的篇章所蒐成。

由於曹開有「將相同題目寫成內容不同詩作」，以及「不同題目，但內容大致相同」的寫作習慣，因此詩作總數無法完全精算。此外，雜類中約406首的作品，原就是曹開詩稿中凌亂、遺落的篇章，寫作內容相當龐雜，多爲題目與前四輯重複的練習之作，或有如運動、食物、外太空等之描寫，詩質上亦不及上述已分類的作品，因此雜類作品本論文暫不予討論。

### （二）其他資料

1、文壇友人——宋田水之論

台灣文壇最早開始與曹開保持聯繫的作家是宋田水[3]；宋

3 宋田水（宋樹涼，1950年—），國立臺灣大學外文系畢業，美國喬治亞大學英美文學研究所研究。曾經擔任遠景版「諾貝爾文學獎全集」翻譯。先後在美國與澳洲住過七年。宋田水以文學批評見長，尤其著重台灣詩人及作品的評論，並且深刻反省美麗島年代的文學與社會。著有評論《「吾鄉印象」的鄉土美學：論吳晟》（台北市：前衛，1995）、《作家當總統》（台北市：草根，2000）。

田水除了重視台灣本土詩人及作品的評論外，對於台灣美麗島時代文學與社會的相關問題，也多所觀照。曹、宋兩人是在前往澳洲旅遊的途中相識，當時曹開雖已逃離身體的牢籠，內心卻尚未脫困，即使與同好作家宋田水結識後，往後也都鮮少主動聯絡；宋田水知道曹開的際遇後相當激賞，除了持續主動與曹開保持聯繫外，也鼓勵曹開繼續往創作方面發展，並在報章雜誌上寫了許多介紹曹開與數學詩的相關文章；1997年有〈曹開和他的數學詩〉（聯合報副刊）與〈白色恐怖外一章一介紹曹開的人和詩〉（台灣日報副刊）兩篇，1998年有〈一成名就成鬼〉（台灣日報副刊），2005年出版了評論集《作家當總統》（草根出版社），書中特闢「曹開輯」，除了收錄以上三篇文章外，又再寫了一篇〈寫詩如幹地下工作〉評論曹開。宋田水是台灣文壇中少數與曹開持續連絡的作家，透過他的介紹與分析，可以更深入瞭解曹開的行事風格，以及他對文學的看法和寫作動機。

2、學界名家——呂興昌之論

第一位將曹開的作品整理出版，也是第一位撰寫曹開作品學術論文的是學者呂興昌[4]；1995年呂興昌教授撰寫了第一篇研究曹開的論文〈塡補詩史的隙縫——論曹開五〇年代的獄中數學詩〉，他認爲曹開作品形式有「諧仿」古典詩的特色，並

4 呂興昌（1945－），國立台灣大學中國文學系研究所畢業，曾任教於成功大學中文系，現任成功大學臺灣文學研究所教授，原本專長研究中國古典詩及詩論，八〇年代後期轉向台灣文學研究，尤其對台灣文學資料的整理與研究極有貢獻。他的評論作品以新詩爲主，曾爲多位台灣文壇前賢，如：楊熾昌、林亨泰、水蔭萍、許丙丁、吳新榮等人編纂全集。

以諷刺的、嘲弄的手法，表達困囚者的心聲，並在文中肯定了曹開數學詩的藝術特質。

3、曹開新詩集兩冊

呂興昌他先後在彰化文化中心與書林出版社出版了《獄中的幻思錄——曹開新詩作品集》（1997）與《小數點之歌——曹開數學詩集》（2005），兩本詩集內容相同，根據曹開創作的題材而概分爲「獄中悲情」、「數學幻思」、「科技玄想」、「即物掃描」、「生命透視」等五類共142首作品，其中收錄的內容、分類如下：數學詩41首，獄中詩34首，科技詩24首，即物掃描23首，生命透視20首；至於曹開所自行整理爲一小冊的醫事詩約104首，兩本詩集中均未再開專題收入。

4、相關的學位研究論文

2006年同時有兩位研究台灣監獄文學的博士論文，將曹開列入爲研究對象，一是中國文化大學中國文學研究所黃文成的《受刑與書寫——台灣監獄文學考察（1895－2005）》，另一是國立成功大學中國文學研究所王建國的《百年牢騷：台灣政治監獄文學研究》。前者專章介紹曹開並分析獄中詩的特色以及藝術精神，後者則將曹開與施明正[5]、柯旗化一起歸入1980年代以降的監獄詩研究的一環。綜而觀之，曹開的創作題材雖然非常多元，但大致可分爲數學詩、獄中詩、醫事詩、科技詩等四大類，本論文便以上述類別來分章討論。

5 施明正（1935-1988）高雄中學畢業，1961年因「亞細亞聯盟」案入獄，在獄中開始嘗試寫作。出獄後從事繪畫及創作，作品多發表於《台灣文藝》。1980年以小說《渴死者》獲吳濁流文學獎佳作獎，1983年再以小說《喝尿者》獲吳濁流文學獎正獎。

## 三、預期成果與目標

在宋田水的引見之下，曹開認識了研究學者呂興昌，也因此有了出版個人詩集的機會，而呂興昌的研究論文中對於曹開在台灣五〇年代詩史上的成就，給了相當大的肯定與定位。此外，黃文成與王建國兩篇博士論文中，曹開都被視爲獄中詩的重要作家之一，讓曹開的文學定位更添一筆，也進一步證明了曹開在台灣詩壇中不容小覷的地位。

本論文希望能夠以曹開手稿爲研究基礎，對曹開作品作完整性的介紹與研究；論文中除生平、年表的編寫介紹外，並依序分析曹開將數字與文學結合的數學詩、深具批判性的獄中詩，還有處於現實與理想幽暗縫隙時期寫的醫事詩，以及創造新思維的科技詩。曹開作品中如何反映時代和大環境的現象，以及經歷苦難後所呈現出的精神與特色，是本論文亟欲探討之問題。

# 第2章 曹開生平：禁錮不了的生命



## 一、傳統的家族

曹開生於一個單純而傳統的家庭，父母是從事勞動工作的市井小民。1929年生於日治時期台中州員林郡（現今彰化縣員林鎮）的曹開，父爲曹牆，母爲賴竹美，曹開隨著父母和祖父，還有祖父兩兄弟的家族同住在一起。曹開的父母共生了二男四女，曹開排行老大，弟弟則在曹開入獄之後才出生，兩人足足相差了二十四歲。曹開的父母從事編織竹簍的工作，販賣給大型果菜市場裝水果、蔬菜，日夜勞碌，相當辛苦。

幼年時期的曹開有著讀書的渴望，卻因家庭經濟不寬裕無法如願，後來是因爲向祖父下跪懇求，由祖父出面作主允諾，才達成他念書的心願，也因此曹開到九歲（1937年）才進入員林東山公學校就讀，接受日本政府的日本語新式教育。雖然正規教育所學的是日語，但因爲父親曾習漢文，所以私下也教授他讀四書五經，也由於這個階段的奠基，讓曹開在戰後學習中文的過程中，並沒有遇到太大的困難。

## 二、青少年時期

1943年曹開自員林東山公學校畢業，進入員林公學校高等科，1944年員林公學校高等科未及卒業，就考入當時豐原商

業專修學校（1945年戰後改爲「縣立豐原商專」，爲現今「豐原高商」前身）。1947年畢業後，自認學養不夠，又考慮到工作與出路的問題，因此再投考台中師範學校，並順利考上公費生資格。認眞好學的曹開，萬萬沒有想到，原本只是爲了謀求更好的出路，卻在台中師範學校就學期間，無端捲入白色恐怖的政治風暴而入獄，澈底改變了他一生的際遇。

1949年，曹開就讀台中師範學校美術類組三年級，因爲被懷疑牽涉中共地下學委會組織被捕。當時除了曹開以外，還有台中師範的歷史老師李奕定[1]，以及黃榮雄、李獻文、曹乙集、黃伯和、張伍典、陳雲鼎、郭九森等八人被捕。其中，曹開、李獻文、曹乙集、黃伯和等人都是台中師範的學生，黃榮雄雖非台中師範學生，但與曹開相識而受牽連；張伍典、陳雲鼎、郭九森等三人則非學生身份。李奕定老師畢業於中國上海大同大學，爲走避中國的戰亂，1948年2月跟著幾位同學一起坐船來台，受聘台中師範學校擔任教職，教授歷史科目，頗受學生歡迎，學生組織的藝文性社團開始請他指導，連當時校內組織的「音專歌謠會」也請他參加，幾位思想較爲先進的老師更邀請他成立了一個「自由主義聯盟」。當時的特務把「自由

1 李奕定，廣東潮安人，上海大同大學文學院史地系畢業。歷任台中省市立高中、師範、專科文史教席。著作有：《歷史故事新述》、《寓言的寓言》、《魚漢寓言集》、《史林搜奇》、《中國傳奇小說集》、《中國歷代音樂家》、《中國花卉史話》、《中國歷代寓言選集》等十數種。

2 1947年11月12日在香港成立，簡稱台盟，是由台共謝雪紅以及二二八事件後流亡香港的台共分子所成立，以「社會主義帶動者」和擁護社會主義的愛國者的政治聯盟，是爲社會主義服務的政黨，也可說是與中國共產黨通力合作的一個參政黨。

主義聯盟」當作是「台灣民主自治同盟」[2]的外圍組織，李弈定等人便順理成章地變成從事叛亂組織的潛伏份子，與他相關、親近的幾個學生也被羅織罪名一起入獄。

根據2006年8月23日曹開妻口述表示，曹開生前很少提及當年究竟發生了什麼事，只表示他在台中師範唸書期間，從未加入任何團體，更何況是介入有關政治的事情，只因當時他的成績不錯，且非常喜歡聽李奕定老師說歷史故事，所以常去找李奕定老師聊天[3]，沒想到就這樣無端被捲入一場扭曲人性的政治冤案。這一群師生被關在保安司令部，進行了長達四個月的偵訊，特務卻無法從他們口中問出任何具體的叛亂罪證，只好在他們彼此的關係之間反反覆覆地打轉，羅織誣陷的線索。根據判決書上的「犯罪事實」指出，黃榮雄於1949年夏經曹開介紹，提出自傳加入「台灣民主自治同盟」候補盟員，接受李獻文指揮；曹開經曹乙集介紹加入，又介紹黃榮雄參加，接受同黨江森榮的指揮；李獻文、曹乙集則經楊田隊介紹加入之後，又介紹曹開參加；黃伯和則是經林如松介紹加入。特務認爲這種關係環節即可坐實他們罪證。

他們最後被指控「研究關於協助匪軍登陸之五項工作」，及閱讀《綜合》、《資本論》等反動書籍，以便爲中共攻台內應作準備等罪名。李弈定比其他人多出一項罪名，就是曾經在校內「作不滿政府之演講」。張伍典、陳雲鼎、郭九森等三人沒有參加組織，卻因曾經出席一次在黃伯和家中的聚會，而被台中縣警察局逮捕。後來台灣省保安司令部的軍法處作出判

3 參閱本論文附錄2006年8月23日曹開妻口述歷史。

決，曹開等六人都因共同參加叛亂組織，各處有期徒刑十年，張伍典、陳雲鼎、郭九森等則被判無罪[4]。1950年，年方二十二歲的曹開先被監禁於台北監獄，1951年4月轉到綠島服刑至1959年，有長達十年時間過著肉體被禁錮、思想被凌遲的監獄生活。

## 三、耗盡體力不許思想的獄中日子

綠島位在台東縣東方約18海浬遠的地方，全島面積約15.37平方公里，因爲是由海底火山噴發的熔岩冷凝而成的火山島嶼，所以原名「火燒島」，1945年後，國民政府在此地推動保林造林，改名爲「綠島」。關於綠島監獄的由來，則可考證到日治時期，日本人已在「流麻溝」[5]一帶興建監獄，專門監禁犯行重大的流氓，有威嚇台灣人的意思，因此當時「火燒島」三字已經聲名大噪。

五〇年代之後，綠島監獄成爲國民政府監禁思想犯的煉獄，一樣令台灣人聞風喪膽。1951年保安司令部（警備總部的前身）在綠島設立「新生訓導處」，專門執行管訓判刑確定的政治犯。白色恐怖受害者年齡大多在二十到三十歲之間，監

4 邱國楨：〈台灣慘痛檔案第七輯——「台灣民主自治同盟」李奕定案〉，《南方快報》電子報，http://www.southnews.com.tw/Myword/myword_index.htm。這個檔案是由邱國禎（馬非白）在1998年花費一年時間蒐集資料所寫成，並依案件發生日期逐日刊登於民眾日報，總計近280篇，總字數約50萬字，近期將重新整理並作部分內容的補遺和充實，即將由前衛出版社出版。

5 綠島人說的「流麻溝」，是指將軍岩到技訓所的海岸堆積平原。

禁著不分省籍的青年學子、平民，更有許多是醫生、作家、音樂家、教師等社會菁英，但一旦被送到綠島，便全部關禁在新生訓導處接受感訓。爲了不讓這些思想犯還有「思考」的能力，他們被迫每天花三分之二以上的時間從事粗重的勞力工作，堆砌圍牆、修整馬路、種菜種樹。諷刺的是，綠島監獄的最外圍原本只有鐵絲網，這群政治犯到達綠島所做的第一件事，就是從海邊用鐵鑿將大塊的珊瑚礁石鎚打成石塊或石板，再辛苦的用肩膀扛回營舍堆砌禁錮自己的藩籬。

目前曹開高雄家中的牆上，有一幅曹開的親筆畫作，畫的正是在綠島海邊搬運巨石的情景；畫中的人物用枯瘦的雙手、彎曲的背脊，奮力扛起海濱的巨大岩石，當時體力與思想的艱辛約略可見。勞動外剩餘的時間，則是修習思想改造課程與休閒之用。當時因爲有不少被綠島管訓的思想犯是擁有高學歷的知識份子，於是眾人便利用僅存的少數時間閱讀書籍、吸收知識，並互相切磋與教導。有人在入獄前，原本目不識丁，出獄後已經能夠書寫與閱讀[6]。曹開原本就有高中以上的學歷，在監獄中更是發奮廣泛閱讀，並與他人切磋醫學與高級數學，而後來這些技能竟成爲他出獄後謀生的技能，以及創作新詩的泉源。

但屋漏偏逢連夜雨，1955年曹開再次在獄中被誣告是涉嫌欲搶奪補給船逃亡的人員之一，被押回台北保密局查辦，再轉送軍法處審理，當中還有人被處以極刑，曹開則是送到新店

6 陳麗貴與滕兆鏘導演的《台灣白色恐怖口述影像記錄DVD》，是一部白色恐怖受害者的口述歷史記錄片，片中一位白色恐怖受害者黃石貴表示，他在獄中受到受過高等教育的獄友們教導，才開始學習寫字。

的軍人監獄繼續監禁，直到1959年刑期屆滿爲止。獄中雖然可以讀報，甚至還可以投稿，但仍會受到獄方的監視與查緝，因此在獄中大家都盡量不寫作文章，或留下任何有爭議性的東西，以免又被誣賴。服刑初期的曹開曾經嘗試寫古詩，並研讀新詩，而眞正開始鑽研並寫作數學詩，也是在綠島這段期間。他構思、寫好作品之後，會小心翼翼藏在睡覺的草蓆或塌塌米下面，但這些文章有部分曾被獄方搜刮、沒收，剩餘的則在出獄前全數銷毀，等到出獄後才又再靠著一點一滴的回憶慢慢謄寫下來。

## 四、顚沛的出獄生活

1959年12月30日曹開終於出獄，當時他已經三十一歲；在入獄之前，家裡經濟狀況原本就不好，父母本來還期望身爲老大的他，唸完師範學校後能夠幫忙分擔家裡的經濟，孰料會遇到被捕入獄的事情。入獄之初，父母也曾經爲了援救他，急得胡亂請託、走旁門，結果不但幫不上忙，反而被騙走了一些錢，加上在他服刑期間，因爲經濟的考量與路途遙遠，家人就已經很少去探望他（只定期寄去一些東西），因此曹開與家人鮮少互動，甚至於他的一位妹妹還曾指責他是個「了尾仔」[7]。這種種的因素，導致曹開在出獄後，雖然父母、家人都仍健在，但他始終與家人保持著一段陌生的距離，甚至結婚後也只與新婚妻子在老家住了一個多月，就急忙搬到別處去了。

7　參閱本論文附錄2006年8月23日曹開妻口述歷史。

同樣是白色恐怖的被害者陳英泰曾深刻描述出獄後的感受：

> 我幸而無事地坐牢到到期而出獄，但出獄後一直受政府的監控與百般限制，謀生不易，這期間當局的迫害不亞於坐牢期間，實是白色恐怖迫害的延續。我眞有小牢換大牢的感覺，整個台灣對我來說仍是一個大監獄，我們隨時有被國民黨抓回的威脅。事實上我們出獄者發生幾件再被抓的事件，更有甚者發生陳明忠事件致使多人再被處重刑。我當初認爲不是國民黨垮就是我們被殺死，我們就和他們做時間賽跑。沒有料到我能活著出獄，國民黨仍不垮，出獄後仍是白色恐怖的延續。我們仍在它鐵蹄下，它再不垮我們將永遠在它鐵蹄下，至死不能翻身。我們出獄後還隨時有再被抓再被屠殺的威脅。我們和他們的時間賽跑，從一個角度看他們贏了，他們不僅沒有垮，且還屹立著……[8]

當時思想犯出獄後，並沒有辦法眞正重新開始生活，其實就連維持基本的生計都不容易。曹開剛出獄時，情治單位透過警察系統，對他實施每個月兩次的戶口調查，警察機關這樣定期的造訪，引來鄰居極度異樣的眼光，讓曹開感到心情非常低落，因此出獄後的曹開過著極度低調且不斷搬遷的生活。

根據呂興昌整理出版《獄中幻想錄—曹開新詩作品集》一

8 陳英泰著，《回憶：見證白色恐怖》（上、下），台北市：唐山，2005年，頁638。

書附錄「曹開生平年表簡編」[9]，以及筆者自行收集、整理資料後，列出曹開出獄後的搬遷情況簡表如下：

| | 日 期 | 居住地 | 從 事 工 作 |
|---|---|---|---|
| 1 | 1961.02 | 彰化縣員林鎮 | 員林果菜市場擺攤 |
| 2 | 1961.12 | 台北市 | 中央市場設立菜行 |
| 3 | 1963.11 | 彰化縣花壇鄉 | 開設西藥房 |
| 4 | 1965 | 屏東縣潮州鎮 | 開設皮膚肛門專科診所 |
| 5 | 1966 | 台南縣新營鎮 | 買地自建賜安醫院，主治皮膚肛門科 |
| 6 | 1969 | 台南縣善化鎮 | 買地建綜和醫院，聘其他醫師合營 |
| 7 | 1972 | 高雄市河北路 | 經營房地產及五金電器用品之批售 |
| 8 | 1976 | 高雄市松江街 | 繼續經營電器、五金業 |
| 9 | 1988 | | 不堪情治人員的監視與輔導，萌生移民念頭 |
| 10 | 1991 | 阿根廷 | 「良民證」辦成，離台赴阿根廷。 |
| 11 | 1993 | 高雄市旗南路 | 因適應不良，自阿根廷返台 |
| 12 | 1995 | 高雄市新庄仔路 | |

9 曹開著，呂興昌編，《獄中的幻思錄：曹開新詩作品集》，彰化：彰化縣立文化中心，1997年，頁232。

情治單位這樣長時間持續的監控與輔導，使得曹開儘管服刑終了，在工作上卻很難有新的開展。根據上表，可見到曹開出獄後，搬遷了不下十次，次數最頻繁則是在出獄後的十年間，而且是在台灣北、中、南的遠途遷徙，主要就是受不了情治單位的騷擾，以及因之產生社會批判的壓力。根據曹開妻子羅喜的說法：

心情不好是因爲這樣讓隔壁的鄰居覺得很奇怪，用異光的眼光來看警察到訪的事情。他的心情眞的很不好，明明就是規規矩矩的在做生意，也沒有參加什麼活動，甚至出獄時連演講都不敢去聽，到後期政治風氣較開放，也就是到高雄好幾年之後，才敢去聽演講。[10]

曹開喜歡出國，因爲只有在國外，他才能夠暫時忘記台灣這塊土地曾經烙印在他身上的痛楚。此外，1988年他更萌生離開台灣這一塊「傷心地」的念頭，本想移民澳洲，但因爲曾經入獄的「不良紀錄」，讓他無法如願，1991年成功移民阿根廷，但終究因爲風土民情不適應、思鄉心切，並考量到女兒的婚姻問題，於是又回到讓他既愛又恨的台灣。

入獄期間的研讀與努力，是曹開出獄後謀生的工具與精神寄託。在獄中所學的醫學常識，讓曹開得以在台灣對醫療證照要求尙未嚴格把關的時期，能夠在鄉下地方從事醫事方面的工作，因而生活才獲得穩定；此外，新詩創作則是他精神上重要

10參閱本論文附錄2006年8月23日曹開妻口述歷史。

的寄託。甫出獄的曹開生活顛沛，在市場從事擺攤的勞力工作，收入微薄，僅能窩在市場邊的破木屋，家裡連桌子跟床都沒有，晚上只能席地而眠，直到在彰化花壇鄉開設起西藥房，生活才漸漸有些起色。此時，曹開在創作上也不鬆懈，憑藉記憶將之前在監獄裡頭所創作之新詩，幾乎完全整理出來，並同時再開始創作新作品。

經歷這一連串的苦難，曹開的生命中能夠稱得上幸運的事，就是認識了他的夫人——羅喜女士。出獄時的曹開已經三十一歲，早已過了那個時代的適婚年齡，而且又有因思想問題入獄的紀錄，理當很難找到對象，沒想到透過父親朋友的介紹而認識了家裡開雜貨店的羅喜。羅喜的父親相當開明，他認為若是搶劫犯、小偷那種品行不好的人，就不能和女兒交往，但如果是政治犯的話，表示這個小孩「很聰明」[11]。因為羅喜父親的慧眼獨具，才成就了這一樁婚事，而羅喜不但是曹開的賢內助，還是將曹開推上台灣文壇的關鍵人物之一。

## 五、老成文字，詩壇新航

喜愛寫詩，也對自己所創發的數學詩相當自信的曹開，儘管已經寫了許多得意之作，但因經歷白色恐怖的陰影，所以數十年來從不發表作品，也不跟其他作家來往，直到1987年，妻子羅喜在報紙上看到「第九屆鹽分地帶文藝營」的活動消息，便大力鼓勵曹開參加，曹開才有了在詩壇出現的機會。

11參閱本論文附錄2006年8月23日曹開妻口述歷史。

「鹽分地帶文藝營」是1979年由來自鹽分地帶的文友杜文靖、黃勁連、羊子喬、黃崇雄、吳明雄及林佛兒等人在台南縣北門鄉籌辦的，當時熱愛文藝的這一群人，秉持傳承台灣文學香火、培育文學新血輪，並鼓吹文藝欣賞與創作風氣之理念，在台灣仍處於白色恐怖的戒嚴時期毅然創辦了文學營，而長久以來「鹽分地帶文藝營」以關懷本土文學、藝術，揭櫫鄉土情懷，倡導以台灣為主體的文化活動而受到各方的矚目和激賞。文學營的活動除了有文學性質的演講或座談外，還為參加的學員設立創作獎，共分短篇小說、散文、新詩三大類。

儘管1987年的7月15日零時，台灣地區已由蔣經國總統宣布解除戒嚴，10月公佈開放大陸探親，12月宣佈解除報禁，政治逐漸民主化，但對「政治犯」的監控卻不曾鬆綁，所以曹開依然受到情治人員每個月的查訪；當羅喜建議他參加文學營，曹開可能還有所顧忌，因此僅口頭允諾，卻沒有任何的行動，後來在妻子親身鼓勵並陪同前往報名之下，他才前往參加營隊，並選了幾篇作品報名「第九屆鹽分地帶文藝營」的文學獎，沒想到就以〈天平〉跟〈小數點〉獲得了新詩創作第一名，當年的10月還接受了《笠詩刊》的邀稿，刊登了七首新詩作品。

曹開自習磨練了二十多年的作品，文字堪稱熟練，題材也非常新穎，因此終能獲得台灣文壇的肯定；而儘管這對他的鼓舞相當大，但卻仍然無法平復政治壓迫對他的創傷。1988年自商場退休後，曹開乃萌生移民的念頭，在前往澳洲旅遊觀察途中，因緣巧合認識了文評家、作家宋田水。宋田水在了解了曹開的特殊際遇，並且看過他的作品後，相當的欣賞，不斷鼓

勵曹開將作品發表，並爲他寫了許多評論與介紹的文章。1995年在宋田水的引薦下，曹開認識了當時在台灣文學界研究有成，並於清華大學任教的呂興昌教授；當年11月，呂興昌便在淡水學院主辦之「台灣文學研討會」中，發表了第一篇研究曹開作品的論文〈塡補史詩的隙縫：論曹開五〇年代的獄中數學詩〉，引起台灣文壇與學界的注目。

此外，呂興昌也開始整理曹開作品，於1997年爲他出版了個人詩集《獄中幻思錄——曹開新詩作品集》一書，可惜的是，曹開在臨終前，並沒有機會看到自己的作品被整理成詩集出版的樣子。1997年12月，曹開因爲長年高血壓導致腦溢血症，昏迷一週後，於12月6日病逝於高雄醫學院，享年69歲。

# 第3章 數學詩：數字與人生的完美結合



## 一、曹開的創作動機與寫作歷程

曹開生平創作了大約一千五百首新詩，數學詩則占278首。宋田水認爲曹開之所以會寫作新詩，完全都是因爲白色恐怖的「政治」因素，「詩的題材，由日常生活到社會關懷，無所不包。」[1]宋田水在〈曹開和他的數學詩〉一文中，分析曹開的創作類型計有數學詩、科幻詩、科技詩、獄中詩等，這其中他最推崇的就是數學詩，甚至稱曹開爲「數學詩人」。

呂興昌是首位將曹開作品整理、出版的學者，他先後推介出版了兩本曹開的詩集，收錄的內容相同，依據曹開創作的題材而概分爲「獄中悲情」[2]、「數學幻思」、「科技玄想」、「即物掃描」、「生命透視」等五類共142首作品，其中收入數學詩最多，共有41首。

1996年曹開接受中國時報記者張平宜訪問，並於該報的「寶島」專欄爲曹開作了一篇專訪，其中提到曹開細心地將創作裝訂成冊，以及創作類型有數學詩、科幻數學詩、科幻機器篇、獄中詩等，她也認爲曹開的數學詩尤其特別，是台灣詩壇

1 宋田水：〈絕無圖書處，自有好江山醫事詩數學詩人曹開〉，《傳記文學》第38卷第六期，頁117-122。

2《小數點之歌——曹開數學詩集》一書，呂興昌將「獄中悲情」改作「悲情歲月」，意思相近。

上第一位用數學寫詩的作家[3]。

在2006年黃文成的博士論文中，探討分析1895到2005年台灣地區，因政治因素而致被捕入獄者，所產生可歌可泣的文學作品，其中除了專章介紹曹開生平外，也分析了曹開因爲入獄而作的數學詩特色以及藝術精神；王建國的博士論文中，則將施明正、柯旗化一起歸入1980年代以降監獄詩研究的一環，並在文中分析探討曹開獄中詩的精神，其中亦多舉數學詩爲例。

綜合觀之，曹開的創作題材雖非常多元，但大致可分爲數學詩、獄中詩、醫事詩、科幻詩、抒情詩等幾大類，但其中最被推崇的是數學詩；這278首的數學詩可以說都是他嘔心瀝血的結晶，也是他最引以爲傲的成果，更是得到第九屆鹽分地帶的新詩首獎的關鍵，並因而讓曹開躍上台灣文壇的舞台。

當年曹開在火燒島蹲苦窯時，是先以古詩習作，後往新詩方向鑽研，但曹開所以鍾情數學詩的創作，背後有特殊的因素。原因之一是爲求自保，以逃避現實的干擾。曹開在獄中曾經目睹一位喜愛文學，同時新詩創作也頗佳的獄友，因不愼被搜出作品後，竟致慘遭槍斃的下場；爲了預防遭到不定時的搜房檢查，再次被羅織罪名，因此他選擇以較深奧難懂，亦即一般人不熟悉的數學語彙入詩，避免惹來殺身之禍。原因之二，則是他對數學的濃厚興趣。曹開入獄前曾就讀豐原商專，對數學本來就不陌生，況且在獄中可以閱讀的書籍有限，數學相關

3 張宜平：〈心中有數，人生有詩——曹開獨創數學詩把人生「因式分解」〉，中國時報（18版），1996年7月10日。

的書籍是相對安全、被獄方所允許的。原因之三，是因獄中沒有姓名的稱謂，每個人皆以號碼相稱；獄中每個囚犯被編上數字的記號，所住的牢房有監號，所排的隊伍亦有隊號，每天早晚集合時囚犯也會被要求報數，因此數學詩最能突顯在監獄中，被剝奪尊嚴、沒有自我，而只有數字標記的困窘處境。



## 二、數學與詩的鍛接

將數學入詩非容易之事，如何將數學與詩歌串連，且又呈現豐富的人生哲理，是相當難以剪裁、融會處理的。關於數學與詩歌之間的關聯，東西方曾有過一些討論。有人認爲，數學與詩性質不同，甚至可說是相反的，因爲數學家的工作是「發現」，而詩人的工作是「創造」；數學是謹嚴，詩則是想像與情感，一個屬於抽象思維，一個則是形象思維。

英美新批評前驅瑞恰慈[4]（I. A. Richards）曾由詩人與文評家的雙重身份、角度，來評斷數學跟詩歌之間的差別。他在《科學與詩》[5]的著作中先談科學與詩歌的特質，然後將詩與情感的關係並舉討論，且闡釋了兩者在本質上的聯繫。他認爲：「在文字的運用上，詩歌是與科學相反的。」因爲科學運用的是邏輯的語言，是「科學的陳述」（Scientific Statement），而詩

4 瑞恰慈（I. A. Richards，1893 —— 1979）英國批評家兼學者，和C.K.奧登（C.K.Ogden，1889-1957）都是英美新批評的奠基者，同時又是著名語義學家，二人合著的《意義的意義》（1923）是符號語義學的經典文獻，瑞恰慈（I. A. Richards）還曾經受邀到中國清華大學講學。

5 瑞恰慈（I. A. Richards）著，曹葆華譯，《科學與詩》，台北市：臺灣商務，1968年。

歌所運用的是「情感的語言」(emotive language),不是「指涉的語言」(referential language)。而對於數學家與詩人之間的差別,瑞恰慈(I. A. Richards)認爲所謂的數學家是在探索宇宙間更加廣大、更加普遍的、一致的眞實(他所謂的眞實,是人們在實驗室裡所體會到的一種驗徵),但詩人的職務並不是世界作眞實的陳述,而是一種完全由情緒組合而產生的「僞陳述」;「僞陳述」是一種文字的形式,其眞假端賴於它對於我們的衝動與態度之解放,以及組合上的影響如何,這種情感語言是科學實證世界的一種救濟。(1968:52)

也有人認爲詩歌與數學像是一對親密的孿生姐妹,因爲兩者都是想像的產物,詩人的「狂熱的靈感」對數學家而言同樣重要。德國數學家魏爾斯特拉斯[6](K・Weierstrass,1815～1897)就曾表示:「不帶點詩人味的數學家,絕不是完美的數學家。」此外,就語言而論,詩的語言必須簡練,而數學也是一種有效率的語言,必須能簡潔而清楚的描述現象。就邏輯性而言,有些數學家甚至認爲,詩的藝術能呈現出比數學更精細、更完整的合理性與邏輯性。詩人藉由作品將自身的感性想像與理性思考精密交織,這樣的呈現方式也對日後數學思想的發展有極大的助益。事實上除了討論到思考模式上的相似外,也有一些詩人在他們的文學創作中引用了數學或物理的觀念,因而在作品中言說著數學、物理的思維,將之融入詩作之中。

如前所述,數學家的工作是在爲這渾沌的世界尋找或建立

6 魏爾斯特拉斯(K・Weierstrass,1815－1897),德國數學家。從19世紀開始,與柯西(A・L・Cauchy,1789－1857)、康托爾(G・Cantor,1845－1918)等人進行微積分理論嚴格化所建立的極限理論。

一個次序和規則，然後再依據邏輯來進行推理，以此構成數學思考的主體，成爲井然有序、有條有理的思維結構。當然，數學語言跟詩語言一樣，必須精鍊、清楚地使用我們日常用語的文字來加以形塑，但畢竟在意義上兩者無法完全一致。譬如：「眞分數」和「假分數」並沒有日常用語的「眞」、「假」的意義，所以詩人如何將「邏輯語言」轉變成「詩語言」的架構，這與單純描寫天地樣貌、風土民情比較起來，困難度顯得更高了一些。

在台灣，曹開可說是將數學融入新詩的先驅，但廣義、總括來說卻也並非唯一。目前在台灣也可看到的數學詩，一類是童詩類的數學詩，另外則是其他詩人在各自作品中所偶現出的數學靈光。

童詩類的數學詩，是爲了啓發兒童認識數學的美妙性、深刻性、趣味性，以減低初學者對數字的害怕與陌生。貝琦・佛朗哥[7]（Betsy Franco）在《數學詩》一書中，把數學和文字揉合在一起，她運用各種有趣的文字，取代了數學算式裡的數目字，包括加法、減法、乘法、除法、分數和幾何學等皆融會於其中。如「南瓜－籽兒＋臉＝萬聖節的南瓜燈」、「秋天÷風＝落葉」、「打噴嚏×3＝冬天吸鼻涕」等，這種類型的數學詩爲了符合啓發、引導兒童進入數理世界的原則，通常趣味性

7 貝琦・佛朗哥（Betsy Franco）美國加州人，是一位喜愛數學的詩人，以二十年以上的時間，寫作許多圖畫書、詩歌和論著，用有趣的方式啓發兒童認識數學的美妙、深刻和趣味。作品包括《數毛蟲和其他的詩》、《爺爺的棉被》、《聽到我了嗎？》、《青少年的詩歌和散文作品》、《我必須告訴你的事情：少女的詩歌和散文作品》等。

會遠勝於詩意或哲理性。

台灣其他詩人對於數學詩的相關作品（篇名及內容皆與數學有所涉），可概略舉隅如下：王白淵〈零〉、林亨泰〈第20圖〉、錦連〈三角〉、紀弦〈6與7〉、非馬〈戰爭的數字〉、向陽〈月之分解因式〉、李瑞騰〈圓的聯想〉、林宗源〈0＝10〉、焦桐〈數字〉、蘇紹連〈圓規〉、陳義芝〈肉體符號七帖〉、陳育虹〈0〉、林則良〈零號公寓 Apartment Zero〉、林耀德〈一或零〉、李進文〈數字〉、陳克華〈零〉、黃智溶〈圓與直線〉、吳東晟〈記帳簿〉、王卦怠（施俊州）〈絕對值〉及〈圓〉、黃靖雅〈圓心〉、陳國偉〈數字戀〉……等等；此外，白靈也曾在〈「一首詩的玩法」之玩法〉[8]文章中談到奈米詩的概念，以及「詩是世界上最早奈米過的東西」的觀點；但綜觀來說，以上作品皆是偶成，並未有更多與數學相關之量產新詩作品。

與曹開同時代的跨語言作家林亨泰[9]，也曾經將數學符號入詩。他於1956年4月發表在《現代派》的〈第20圖〉[10]，運用了數學符號以凸顯自己特別的理念（以下爲清楚突顯此詩

8 白靈，《一首詩的玩法》，台北市：九歌，2004年，頁273。

9 林亨泰（1924—），彰化縣北斗鎮人。1947年加入銀鈴會，並出版日文詩集《靈魂の產聲》。就讀台灣師範學院時，1949年四六事件遭遇白色恐怖，後改用漢文創作，於一九五五年出版詩集《長的咽喉》。1956年以前衛性現代詩理論和實驗性創作，啓發現代詩社推動現代化運動，影響詩壇深遠。

10 林亨泰原著，呂興昌編訂《林亨泰全集（二）——文學創作卷2》，彰化市：彰化縣文化局，1998年，頁105。原載於1956年4月30日《現代詩》十四期，後收入《爪痕集》。

特色，詩作由左往右，由上往下排列）：

機械的時代
充滿著
易於動怒的電氣
＋＋＋＋＋
－－－－－
笨重的世界文化史
在第2０圖上的原料
已有美麗的配合了
在「」之內
電燈
是夜之書上的
，。，。

機械時代中的＋與－，除了可以用「正極」、與「負極」來解釋外，更代表表著「易於動怒的電器」與「笨重的世界文化史」結合後，在數學意義、世界文化意義上的加減消長。

林亨泰於1957年5月《現代詩》十八期發表〈符號論〉一文中表示，詩裏的「象徵」所能給予「詩」的，也就是代數學裡的符號所能給予代數學的，並提出假設，認爲很數學的，也就是很藝術的。〈第20圖〉詩中除了有數學符號外，還帶有極強烈的實驗性圖象詩意味，代表著林亨泰對既有新詩的形式與美學的一種挑戰，同時「符號詩」、「圖像詩」也是林亨泰詩創作相當重要的象徵與特色。

林亨泰與曹開出生的年代相近，也有類似曹開受白色恐怖的政治迫害經歷。而爲何要創作符號詩呢？林亨泰表示：「我是取法自義大利詩人馬利內諦的未來派。像馬利內諦的詩那樣，使用自由語；所謂自由語，就是印刷技巧的運用：大小不同的字體、擬聲詞、數學記號（＋－×÷〈〉＝）、彎斜顚倒

的字型和次序……等的再創造和運用」[11]。在新詩形式上賦予不斷的實驗與挑戰，或許是林亨泰對於現代主義的追求，也或許是對無法自由言說時代的一種內在反抗，但綜觀林亨泰的所有作品而言，實驗性的圖像詩與符號詩雖然佔有相當的比重，但數學入詩僅寥寥數首。

至於林亨泰所提到的馬利內諦（Filippo Tommaso Marinetti）[12]，其符號詩（或稱視覺詩、圖像詩）僅著重在於數學符號（也就是加＋、減－、乘×、除÷、等於＝）在詩中所帶來的整體視覺效果上的多樣變化，或者用來取代傳統詩句段落結構上連接與衍生的詞語，其數學意義並不清晰，例如他在1919年所作的〈烽火連天大會〉（Tumultuous Assembly）[13]。

因此我們可說馬利內諦（F. T. Marinetti）的作品中，除了數字、數學符號外，與數學相關的部分亦極其有限。

同為彰化詩人的王白淵[14]與錦連[15]，亦寫作過有關數學的新詩作品，先看王白淵的〈零〉[16]：

曲線玲瓏無穴可及
一身圓滿的你
原子之小不及你
萬乘以萬不成你

11陳思嫻：〈與詩，追尋歷史的現代──林亨泰訪談〉，《笠詩刊》第241期，2004年，頁28-30。

12托馬索・馬利內諦（Filippo Tommaso Marinetti，1876～1944），意大利未來主義詩人。

13美國加州 保羅蓋茲美術館（J. Paul Getty Museum）線上館藏，http://www.getty.edu/art/exhibitions/tumultuous/。

雖然如此你孕育無限的數字

是神還是魔法？

是佛還是惡魔？

無而非無

量而無量

數而非數——你的實體

無大之大

無深之深的深淵啊！

（下略）



---

14王白淵（1902-1965），彰化二水人，二水公學校、台北師範畢業，1925年赴日本東京美術學校求學，畢業後任教盛岡女子師範學校。旅日期間於1931年出版詩集《蕀の道》，是台灣新文學史上第一本日文詩文集，收錄其居日時期之作品。1932年因「東京台灣人文化同好會」檢舉事件失去教職。1933年參與《フオルモサ》創刊。1934年前往上海，任職於台北師範同窗謝春木所創之華聯通信社，並擔任上海美專圖案系教職。1937年遭日軍逮捕，判刑8年，並遣返台灣服刑，6年後出獄。戰後，於1945年擔任台灣文化協進會創會理事之一，並擔任機關誌《台灣文化》之編輯，此外也主編《台灣評論》雜誌。1950年4月19日被以「知匪不報」判處有期徒刑2年，翌年1月獲暫時保釋，1954年始出獄，出獄後抑鬱而終。

15錦連（陳金連，1928-），彰化市人，於1949年即加入銀鈴會。1956年以中文投稿於《現代詩》季刊，活躍於現代派詩人群中，同年，詩集《鄉愁》出版。1964年爲《笠》詩社詩刊發起人之一，1982年從彰化鐵路局退休，繼而在彰化教授日文，並翻譯詩作不懈，1986年，詩集《挖掘》出版。1993年，彰化縣立文化中心出版《錦連作品集》（含詩論翻譯——詩人的備忘錄），1994年獲笠詩獎翻譯獎，1995年得到榮後台灣詩獎，另著有詩集《守夜的壁虎》，目前居住於高雄。

16王白淵，《荊棘的道路》上冊，彰化市：彰化縣立文化中心，1995年，頁10。

王白淵認爲世人所認知的微小的零，其實是可以隨心所欲、任意變化，既可小於他人之小，又可大於萬乘之萬，因此零絕非等同於「無」，而是一種無懈可擊、內涵深厚的圓滿，更是所有數字（人生）的起源。

王白淵先後入獄數次，共被判刑十年，實際陷於黑牢約有七年之久，一生極爲曲折磨難，也由於屢次在擁有後又歷經「失去」的痛楚，因此對於「零」的體會和常人不同，卻與曹開數學詩中的觀點相仿。

接著看錦連的〈三角〉[17]：

一切的靈感
總會歸納爲三角的定理

上坡
頂點
下坡

清醒
酩酊
而現實

此詩中，錦連以三角形的形狀爲思考起點，將人世間的際遇常態與之結合。力爭上游的「上坡」階段，人總是清醒的，

17錦連，《錦連作品集》，彰化市：彰化縣立文化中心，1993年，頁66。

但處在高峰的「頂點」時，卻容易醉亂、迷失，一直到人生的盡頭，才獲致「現實」的結論，如此便構築了人生過程的三角定理。

錦連曾經說過：「第二次世界大戰結束，戰後的社會非常混亂，我正因不能適應新的環境而感到失落和無助時，在偶然的機會看到『銀鈴會』發行的《潮流》……從此，在那失意和徬徨的日子裏，我遂以詩爲精神慰藉的依據，踏入文學之路。」[18]，這和曹開之所以接觸文學、開始寫詩的背景又相仿。錦連生於1928年（年長曹開一歲），兩人生活的時代相同，他雖沒有像曹開般入獄的坎坷，但也共同經過戰爭及白色恐怖的混亂年代，作品裡巧合的有著同樣題材，其中對人生也有類似的詮釋；曹開在〈形象學〉與〈正負兩面〉兩首數學詩中，均以三角形的形狀來喻說人生的道理，可說與錦連在〈三角〉一詩中的構思道理相通。

## 三、心裡有數，人生可以因式分解

曹開在數學詩中結合文字與數學的算式概念，不但富含詩意，還演算出一套特有的、豐富的人生哲理。1996年他接受中國時報記者張平宜訪問時表示，寫數學詩對他而言，並不是僅僅將一連串的數學符號組合，而是把人生當成數目，將人生「因式分解」後，再以文字表達出來。他說：「如果人類的生

18錦連，《錦連作品集》，彰化市：彰化縣立文化中心，1993年，封底〈作品小傳〉。

存從太陽的光得到最純粹的快樂，則心靈可以從數學得到最清澈的照亮。」因此他自從心裡有「數」後，便決定用數學詩來獨創自己人生方程式的新軌道[19]。

1995年呂興昌撰寫了第一篇研究曹開的論文——〈塡補詩史的隙縫——論曹開五〇年代的獄中數學詩〉，他認爲曹開作品形式有「諧仿」古典詩的特色，並以諷刺的、嘲弄的手法，表達困囚者的心聲，在文中肯定了曹開數學詩的藝術特質，認爲曹開的數學詩「把重點放在藉數學形式抒發人生感觸的層面」的作法，避開了數學與文字結合表現上的困境[20]。

2006年蕭蕭[21]於「彰化研究學術研討會——八卦台地研究」發表〈八卦山：蘊藏多元的新詩能量〉論文，綜合分析了彰化八卦孕育出的優秀詩人——賴和、曹開、翁鬧、王白淵等，其中特別肯定曹開的數學詩是「以數學及其背後的科學爲表現的載體，所呈現的豐厚的哲學小徑。」

---

19張宜平：〈心中有數，人生有詩——曹開獨創數學詩把人生「因式分解」〉，中國時報（18版），1996年7月10日。

20〈塡補詩史的隙縫——論曹開五〇年代的獄中數學詩〉收錄於《小數點之歌：曹開數學詩集》，台北市：書林，2005年，頁279。

21蕭蕭，本名蕭水順，出生於彰化縣，輔仁大學國文系、國立台灣師範大學國文研究所畢業，十六歲開始接觸現代詩即投稿發表，步上詩壇，戮力於現代詩及散文的創作、評論及推廣工作。先後參加過水晶詩社、龍族詩社、後浪詩社（詩人季刊）。曾獲第一屆青年文學獎、創世紀詩社創立二十週年詩評論獎，中國青年寫作協會30週年優秀文學青年獎，並以《太陽神的女兒》散文集獲新聞局優良圖書金鼎獎。曾任教景美女中、北一女中、南山中學、文化大學、輔仁大學、東吳大學、眞理大學等校，現任明道管理學院中文系助理教授、明道管理學院通識教育中心主任。

## 四、曹開數學詩的寫作特色

1995年呂興昌撰寫研究曹開的論文，分別由三方面分析曹開的作品：（一）諧仿的譏刺，（二）思想禁錮的控訴與昇華，（三）異質的存在：數學詩天地。[22]但可惜並未針對曹開的數學詩作進一步的分類，直到2006年蕭蕭（蕭水順，1947—）於「彰化研究學術研討會——八卦台地研究」發表〈八卦山：蘊藏多元的新詩能量〉論文，[23]才更進一步將曹開數學詩分爲四點析論：（一）侷限的空間，（二）微渺的小數，（三）善變的人性，（四）歸零的體悟。

綜合前人研究成果及筆者自身的體悟分析，本文分爲六個部分來討論曹開數學詩的藝術成就與特色：（一）獄中的生活實錄，（二）反抗意識的暗喻，（三）渺小的存在感嘆，（四）零的哲學與體悟，（五）理想世界的期待，（六）土地的永恆眷戀。

### （一）獄中的生活實錄

身陷囹圄十年，澈底改變了曹開一生，因擔心再次被羅織罪名，所以在獄中選擇數學入詩，也因此造就了曹開在數學詩上的成就，而數學詩中對於曹開身處囚困的牢籠，也有相當多的描述，以下再分爲兩方面探討：

---

22〈塡補詩史的隙縫——論曹開五〇年代的獄中數學詩〉收錄於《小數點之歌：曹開數學詩集》，台北市：書林，2005年，頁279。

23蕭蕭：〈八卦山：蘊藏多元的新詩能量〉，彰化縣政府：「2006年彰化研究學術研討會——八卦台地研究」，2006年10月，頁14-15。

1、外在的醜陋刻記

古今中外的監獄，爲了方便管理，都極盡可能的去個人化。在綠島狹小的牢房中只有最簡單的設備，囚犯住在同樣的灰暗房間，穿著相同剪裁與顏色的服裝，吃著相同的食物，廁所則以無遮蔽的便盆替代，每天皆照著時間表上思想課程課、勞動作息，對政治犯、思想犯而言，在夜闌人靜仍無法入眠的深夜裡，還要啜飲著「冤獄」的無奈與痛苦。在牢籠裡，能分辨彼此的，不是姓名、職業、學歷，而是數字；牢房有數字，犯人被編上號碼，每天早晚還要點名一一報數。曹開的數學詩除了對獄中的報數，有淋漓盡致的描寫外，更巧妙地運用數學符號中的引號「」和括號（）對這座有形的監獄，以文字作有力的描寫、控訴。此外，他更高明地運用數學的演算法，試算出一套冤獄的人生哲學。關於「監獄」這個囚禁人類肉體與靈魂的牢籠，他有許多描述，首先看〈分析數學〉一詩：

數對括弧說：
「你是我的」
括弧便把數禁在鐵匣裡

點對面積說：
「我歸你的」
面積便賜給點
在軌跡上的自由　　（小數點之歌，98）

就數學的基本四則運算而言，本應要遵循「括指除乘加減」

的定律，也就是計算優先順序爲：括號、指數（寫成次方的數值）、除法（或乘法）、加法（或減法），由左而右進行運算。在此詩中，「數」以強制的命令想掌握「括弧」，卻不知運算的自然（原則）定律，反而被括弧囚禁在鐵匣中。「點」敞開心胸，將自己皈依給面積（自然，原則），卻反而擁有整個世界。曹開以此詩在獄中自我鼓勵，在心中反抗囚禁當權者，且安慰自己，至少心靈是自由的。再看另一首〈數學社會函數論〉：

整項分數的過程中
如果把所有的異數
都囚禁在
（括弧）的裡面
那麼，公理
也被隔絕了
正如社會上的賢達
被關入鐵牢裡
眞理也被摒棄了　　（曹開手稿）

「常數」是用來表示某個數值的符號，「異數」相對於常數來說，則是無法定囿於框框內的數值，但異數如果被「囚禁在（括弧）的裡面」，則必須遵循「括指除乘加減」的定律，需要受到特別的對待（要先就括弧內的數值先行運算結果）。曹開此詩以諷刺的手法，表達了當時社會上的賢達及思想先驅，反被視爲眼中釘，「優先」受到囚禁與清算，被以殺雞儆

猴、排除異己的方式槍殺或者監禁，而當所有願意表達意見的人都被囚在監獄的時候，現實社會裡的眞理自然就被摒棄了。

對於牢籠裡的運作，曹開透過〈報數〉一詩，有相當富於哲學性的思考：

一個公式應用於
千萬個命題
千萬個公式
歸宿於一個原理
永遠是求個符號與數值
當你爲此思索而疑惑時
又傳來了點名的報數聲
萬物也回音證實　　（小數點之歌，79）

若將人間萬事萬物化約成數學來說，則所有的命題與公式，其原理都只是爲了「求個符號與數值」；當囚徒爲此思索、疑惑時，晚點名報數聲的回音雖證實了萬物存在，卻也同時點出了曹開與讀者共同的疑惑──存有的荒謬。

在另一首〈演算；你±我＝0〉詩裡，曹開也用了「報數」一詞，相當技巧的運用數學的演算法，試算出一套冤獄的人生哲學。

我實在不甘心
　無緣無故被當做數字運算
竟被編起了

代數的號碼來

我被套進（括弧）
關入囚牢禁囿
只惜於今也無法
掙脫抗拒

演繹歸納的「劫數」
好比我罪名 掛在胸前
誰料得到囚號「635」
便是我的化身

那是多麼活生生的數字
早晚被計算
還得張開喉嚨
大聲的報數

本來我無意變成數字
諒你也無心形成
而現在竟以你大數目
無情地清算我小數字

但，既然你心裡有數
你應懂得因式分解的公式
要是把我們移到方程式的另一端

大家不就是；你±我＝0統統等於零　　（小數點之歌，123）

此詩直接使用了數學名詞來形容曹開自己身在獄中的感受。「635」是他的囚號，而被監禁在獄中的他用「活生生」來形容這個數字。此外，「計算」、「報數」原是很平常的詞語，但對照獄中人的現實場景，讓讀者有身歷其境之感，更令人覺得靈現與悲哀。獄中的囚犯沒有名字，而是以數字來剝削人類的尊嚴，如此一方面便於管理，另一方面也更讓囚犯們認清被褫奪自由的現實殘酷，因而不得不屈之。

「既然你心裡有數」可能是當初曹開尙繫於獄中時的想像，認爲其實羅織罪名的當局知道自身犯錯（寧可錯殺一百，亦不漏一的殺戮、囚禁方式），卻未能還他清白，因此他用了「應」字，代表應然而未然。另一種可能，則是在他出獄後，有感於仍未獲得平反（用了「應」字），因此以詩誌之。

因式分解是解數字方程式的第一步，顧名思義，就是對數學式進行分解，而把一個多項式分解成幾個整式乘積的形式，稱爲多項式的因式分解。如，a三次方-b三次方的數學式：

$$\mathbf{a^3 - b^3 = (a-b)\ (a^2 - ab + b^2)}$$

因式分解也可稱是多項式乘法的逆運算，在多項式乘法運算時，以整理、化簡將幾個同類項合併爲一項，或將兩個僅符號相反的同類項相互抵消爲零，因此曹開所稱「你±我＝0統統等於零」是有數學推理根據的。原是單純的數學式子，只因

在等式兩邊挪移、開根號之故，就看似成了一堆深奧難解、與原式不同的數據，但其實只要用心去分解，兩邊的價值仍是相等的，因此他會寫「移到方程式的另一端」後，其值等於零。從另一個面向來看，可以看到曹開的內心無盡的吶喊：這世界的一切和積本就是零，爲何有人要將之複雜化，並苦苦相逼？

另外一首深刻描寫獄中實景的是〈數字的蟻隊〉：

這裡，繁複的活動會暫停
如同方程式的告一段落
在世界的函數間
消去數目的地方
早晚都會有新數目來交接

而經過「加減乘除」的餘數
交換組合排列
另外一條方陣便形成在眼前
從而誕生的新數目
又好像無窮盡的蟻隊
前赴後繼的忙著扛運結群……　　（曹開手稿）

曹開形容監獄是「在世界的函數間／消去數目的地方」，簡單卻精確的透露出監獄這個遺世獨立，每日只能行使僵化、單調的動作、思想，而且是會讓人精神、肉體凋零的處所。而更悲哀的是，威權仍繼續迫害人民，所以消去一個數目之後，便會有另一個數目「爭相」前來塡補空缺；這些無窮無盡的數

目，在獄裡仍會被獄中體制繼續交錯、排列組合，並進行相互結合或攻擊的運算。

曹開出獄後，曾在1995年（67歲）5月當時高雄市新庄仔路住處完成「揹石者」畫作，掛於家中二樓客廳，畫中一人彎腰背負著大石，在浪花激濺岩石的海邊踽踽獨行，這除了是當初在火燒島監獄外役勞動的艱苦寫照之外，也可看出當時在獄中的曹開和其他獄友們，心中也都扛負著岩石般的重擔，在這個「如同方程式的告一段落」的失落世界裡，朝向無能得知結果的未來，像蟻隊般蜿蜒的行進著……

2、內在的複雜心情

究竟是犯了什麼樣的滔天大罪而致入獄？這可能是火燒島內思想犯、政治犯共同的疑惑。但可以確定的是被囚後，每個人的生命便從此墜入無限的痛苦深淵。失去自由與尊嚴、荒腔走板的人生，背後宛如有魔術師操弄。曹開〈玩弄數字的魔術師〉一詩，表達的正是那樣特殊的時代，小老百姓被命運捉弄的無奈。

如果你想求證 解答世界的函數
你就無法避免
把每條人生方程式
都要假設等於零

當我們欲解脫塵寰的圍禁
卻早已像未知數
仍然被困囚於

符號與括弧的囹圄

你懼怕成為劫數
誰都想做玩弄數字的魔術師
但大家可曉得凱歌也是數字的音符
皆統統已成為加減乘除的俘虜

啊 人生將很快地過去
不久便會留下
數不清的未知數
任由公式因式分解　　（曹開手稿）

有感於獄中的歲月虛度，且箇中緣由無法為人所知，因此曹開感嘆、用力的刻寫詩裡的一字一句。在白色恐怖的肆虐之後，不管往後的人們如何努力的還原，永遠有「數不清的未知數」無法準確計算，而如果想要勉強找到眞相，也只能如「以公式解題」般，循一定的線索來分析，最終仍無法完全釐清。

在無法正確析釋問題，也無處申冤的情形下，人類只能無可避免的反覆思索，但數學的運算會有解答，而人生課題卻常是無解。曹開的〈公因母〉隱約透露出，思想或理念不同的彼與此，其實是難以相容或相加的：

我既然是社會繁分式裡的一個數字
日夜思念而尋找的是
所愛的公因母

除了她，任何名目的數目

再偉大的異數

也感到沒有意思——（曹開手稿）

「繁分式」又稱作「連分數」、「繁分數」，指一切分子或分母中含有分式的分數，而「公因母」即是「公分母」。例如1/3+3/5這個式子，兩個分數不能直接計算，因爲分母不同，不能相加減。要讓分母相同，需要找到一個數，讓它既是3的倍數，也是5的倍數，此即3和5的公倍數。但是3和5的公倍數很多，如15、30、45……等都是，這些數目對於這個分數算式來說，都有同樣可以解題的效果，皆可以做這兩個分數的共同分母，以便進行加法和減法。若將兩個分數的分母取得最小公倍數，這個數又可稱爲最小公分母；找到公分母後，便可以用擴分的方法，讓它們分母相同，以便運算。

此詩雖然簡短，思想、意義卻相當完整，曹開認爲自己身處在上下層複雜的繁分式中，亟欲找尋到可以順利釐清算式，化繁爲簡的公分母，除此之外，即使是再偉大的「異數」，他也沒有興趣。「異數」可以引伸爲不容於時代的思想，因此身在囚牢之中，已不再憧憬當初的理想；公因母可以引伸爲理想的民主社會、撫慰心底創痛的思想理念，或者社會所凝聚的共識。在尋找到公分母的前提之下，人生才有可能是美好的，因此曹開從每個人的臉中、心中讀出分數，然後試圖演算可以解開繁分數的共同分母。除了最小公因母外，他更一再的嘗試其他亦可解題的公因母，期待能夠擴分的時刻早日到來。這首詩雖在當下悲觀，卻也對未來充滿期待；曹開藉由數學的專有名

詞成詩，並在其中灌注了亙久、有深度的思想。

曹開的許多數學詩富含人生哲理，雖因爲有被命運捉弄的特殊經驗，難免悲觀與無奈，但有時他也會幽自己一默，爲自己打氣。在〈假設的數學涵意〉一作中，雖以「數學涵意」爲名，事實上此作品卻與他數學詩的寫作模式不同，沒有太多數學專有名詞，也沒有數學的演算法，而且全詩篇幅較長，完全在「假設」一詞的想像上發揮：

假設我是太陽
我要將光明的線條製做萬束
神聖的金箭
送給在黑暗中
掙扎前進的民主鬥士

假設我是一片皚雪
我要將白潔凝織一頂
亮晶晶的鑽石冠冕
戴到台灣的玉山蒼頭上

假設我是天邊的暮霞
我要將晚幕剪修
把它縫成遮羞巾，裹屍布
包裝人間所有的罪惡
葬送到很遠很遠未知的外太空去

假設我是瀟灑的雲朵
我將編繡無數勝利的旗幟
呼援爭取自由而被逼害的人們
鼓勵他們從患難中，重燃希望
跌倒再爬起來

假設我是天風
我要鼓起而壯大度量
變成一股正氣
讓那高壓統馭的壓縮機
與受壓迫人們
都換一換，新鮮的呼吸

假設我是甘霖露珠
我要降臨到乾涸的沙漠
滋潤那些魔崖上的枯樹
那些獄腳下的萎草
那些飢渴的鄉土

假設我是流水
我的韻意要更深
將要一直往下流呀沖啊
淹垮沉淵，沖沒地府，
咽死作孽的妖魔鬼怪

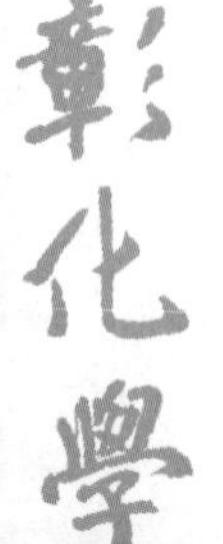

假設……不斷地假設

最後假設我甚麼也不是

也就是虛無飄渺

把自己的臟腑搗空，卻發現無中生有

變成一支透明的眞空管

讓宇宙萬象任意射映傳眞！　　（曹開手稿）



日本電視台「News　ZERO」節目主持人，同時也是推理小說作家的竹內薰（たけうち　かおる），2007年出版了新書《99.9%都是假設》[24]，書裡提到飛機之所以會飛的道理，在科技昌明的今天仍未完全解開，現在的解釋只不過是一種假設而已。不只是飛機，就算是那些眾人都以爲在科學上已經百分之百明瞭的定理，只要追問下去，其實也都全都是假設，因此他的觀點是「世界是由假設所組成的」、「科學全部都只是假設罷了」。其實不只科學，在我們週遭的都充滿了假設，不管是老師教的、課本裡記載的東西，或是被認爲理所當然的常識、習慣、定論，全都只是假設而已，而正因爲只是假設，所以有一天或許會被推翻。

由上述觀點來看，曹開的「假設」除了數學上的意義，潛意識裡可能也含有「懷疑」以及「推翻」的意涵。「假設」演繹到了最後，他最後假設「我甚麼也不是」，把自己的搗空之後，結果反而在「無」之中發現了「眞有」，能讓自己能隨意

24竹內薰著，顏誠廷譯：《99.9%都是假設》，台北市：漫遊者文化，2007年4月3日。

射映、傳眞宇宙的萬象。在獄中百般寂寥的曹開，假設自己是太陽，用金箭幫忙掙扎前進的民主鬥士；假設自己是雲朵，呼援爭取自由而被逼害的人們；假設自己是流水，沖沒地府、咽死作孽的妖魔鬼怪……而這些當時所做的假設、懷疑、推翻，對照現今政治、社會的情勢來說，可以說是非常正確的。他的作品不但撫慰了自己和讀者的心靈，同時也爲當時的高壓統馭作出了時代的見證。

監禁在牢獄中的思想犯，除了含冤莫白、自由被剝奪外，還要面對於威權者在獄中的思想監控，及鼓勵囚犯相互密告的操弄。當時的火燒島，會透過刑期減免或者生活上的優待方式來鼓勵告密，有人因爲受到威脅，或爲了減刑、減輕苦痛，便無端衍生更多無中生有的事情，讓獄友們嚐到更多無窮無盡的刑罰。1955年在火燒島監獄中，有多人被控意圖搶奪補給船逃亡，因而遭酷刑拷打逼供，當時曹開亦被誣告涉案，因此還被押回台北保密局嚴訊查辦，之後再轉送軍法處，後來多人被處極刑，倖存者寥寥無幾；曹開則被送往新店軍人監獄監禁，直到刑期屆滿。這樣的經歷，加上出獄後備受歧視的痛惡感，讓曹開對人與人之間所建立的關係有了更大的戒心。他出獄後曾向妻子提及，某天在高雄街上遇到火燒島的獄友向他打招呼，而他不但不願搭理，反而還快步地走開，因爲他知道那個人正是獄中的告密者，因而曹開透過數學上的度量儀器「量度器」，寫出對人性的失望。〈量度器〉：

測試方位
與時代的偏差

誰能比量度器更瞭解準確
大眾組合形成的角度是甚麼

任意三角形的局面
失去了重心
人際各面的合力
還能依存嗎？　　（曹開手稿）

所謂的合力，是指若二力作用同一物體，效果相當第三力者，則此力爲二力的合力。如下圖的三角形中，F1、F2兩力之合力爲由第一個力的端點，畫到第二個力的箭號的射線F，其長即爲合力大小及方向；而三力平衡時，三力可圍成封閉三角形。量度器也稱量角器，係以一圓或半圓形狀的工具來器度物之角度。曹開化自己爲量度器，器度時代和民眾的角度，且自認沒有人能比他更瞭解、更準確。

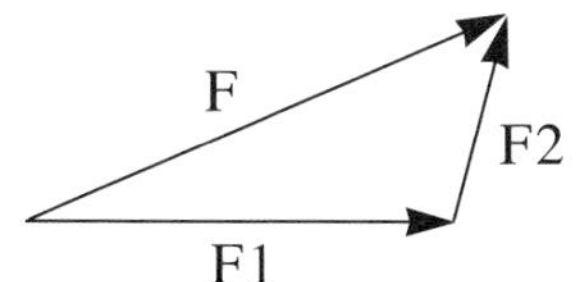


在那個紛亂擾攘的當下，他認爲政府、人民、公義的三角是失去重心的偏斜，其合力無法形成平衡的三角形，由此可看出他對獄中和出獄後社會的價值觀，以及對人際關係的不以爲然，並藉由量度器和「人際各面的合力」問題成詩，以發抒心情。

此詩同時也可映證在出獄後的一段往事。曹開在出國爲移民作準備的旅程中，認識了作家宋田水，宋田水瞭解曹開的際遇後，常主動連絡、鼓勵他投稿。根據宋田水的說法，曹開會不定時地塞紅包給他，讓他十分不解，一直等到曹開過世後，從曹開妻子羅喜口中才知道，對於宋田水的熱心幫助，他在初期時其實還懷抱著或多或少的懷疑與警戒[25]。

此外，對於自己被困囚了十年，曹開也透過〈藝術數學〉一詩，運用了數學的加減乘除不斷運算的過程，表達了相當無奈的心情：

你要10[26]
可自15－5而得
亦可從7＋3來取
當也能由2×5而獲
何必一定要20÷2
看！數字在微笑
1 2 3 4……
在唱藝術歌曲　　（小數點之歌，96）

曹開被囚十年，因此以「10」作爲基本數目寫作此詩。「15－5」雖是損人的減式，但尚可以接受；「7＋3」與「2×5」是以成就的方式達到「10」，因此也沒有問題；至於「20

25 宋田水：〈一成名就成鬼〉，台灣日報副刊（27版），1998年11月27日。
26 曹開自1950年判決成立後入獄，一直到1959年底出獄，共被關了十年。

÷2」則是活生生將青春貶抑對半，最是令人無法接受。「藝術」與「異數」同音，曹開正是以此諷刺被囚的原因及其荒謬。



## （二）反抗意識的暗喻

曹開的數學詩，雖然少有對現實社會或是極權體制的直接抨擊，但透過數學的算式，卻隱現了他對社會的批判。

1、對於體制的反抗

首先，我們看他一首提及「社會」的詩作〈繁分式的社會〉：

寫一題
紛雜的繁分式
讓你去比喻
像分析天上的星層

高層還有上層
有分子的分子
下層還有底層
有分母的分母

運作公因數
把分子與分母重整
因式分解再分解
不斷地約分再約分……

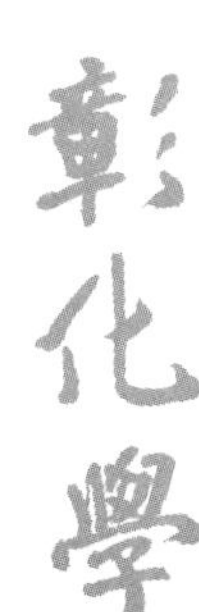

讓他們疊羅漢、翻筋斗　　（曹開手稿）

「繁分數」又稱作「連分數」、「連分式」或者「繁分式」（continued fraction），廣義的繁分數是指一切分子或分母中含有分式的分數，這種形式的分數對許多數學問題，特別是關於「數的性質」很有啓發性。爲了更了解曹開這首詩隱藏的精神，因此必須將數學算式羅列出來。以下是「繁分數」的定義、符號：

$$\alpha_1 + \cfrac{1}{\alpha_2 + \cfrac{1}{\alpha_3 + \cfrac{1}{\alpha_4 + \cfrac{}{\ddots \cfrac{}{+ \cfrac{1}{\alpha_{x-1} + \cfrac{1}{\alpha_x}}}}}}}$$

而有限簡單的繁分數，就如

$$\frac{67}{29} = 2 + \cfrac{1}{\cfrac{29}{9}} = 2 + \cfrac{1}{3 + \cfrac{1}{\cfrac{9}{2}}} = 2 + \cfrac{1}{3 + \cfrac{1}{4 + \cfrac{1}{2}}}$$

繁分數的形式像極了層疊的繁星，聰敏的曹開便以此來喻社會的階層、結構，以及對於自己本由尙稱中上層的師範學校

學生，卻被打入社會最低下的位置、身繫牢中的嘲諷。此詩雖未舉形圖示，但我們可由繁分式的樣態進入詩的思想。最高層的上層仍會有更高的分子，而下層的下層，也會有位置更低下的分母，而公因數（如果一個整數同時是某幾個整數的因數，則這個整數叫做這幾個整數的公因數）的運用，更會讓數學算式分解重整，讓位置、符號皆重新洗牌。「公因數」只是個夢幻的理想，在此詩中無能發生，亦可說是曹開對自己生命怨憤不平的想像展演，在獄中夢囈著結構的重整。詩末他更現示著無力感，認爲人生就有如「天上的星層」般密不可分、糾結雜纏，隨時都有可能無常的上下翻轉，且無法眞正完全釐清。此外還有一首〈繁分式〉：

我撫摸赤裸的自己
想起了精彩的疊羅漢
他們總是誇耀屬於上層的分子
忽略了下層的好公分母

他們都來得自大，
把得意的架子
擺在我空虛的頭上
殊不知一翻觔斗便是一無所有　　（曹開手稿）

「赤裸」表示曹開在當時自認已經清楚的觀照出自身的位置，「他們」則是迫害者，只讚許對他們統治有利的，所謂位於上層的好分子（被摸頭、撫順的人），殊不知眞正能幫助社

會由繁入簡、認清眞理的，其實是位於分數底層的人們（因擁護眞理而被囚者）。而總有一天，當社會覺醒而致眞理翻轉呈現之時，那些自以爲擁有一切、驕傲的迫害者，便會被翻倒在分數的底層之下。

2、對於不公的控訴

當握持國家的機器無法受到監督，完全掌控了司法權、發言權、詮釋權時，就會造成嚴重的不平等。曹開〈不等式的歪風〉正是要控訴這在種極度不對等的情形下，所產生的謬誤。

不等式說公平的時候
就是最詐欺
當不等式的右端仁慈
左端卻狠戾無比

不等式的西方
馴順熱烈的時刻
不等式的東方
就最桀驁冷酷

在不等式的上面
使懦夫變得大膽
不等式的下面
卻叫勇士變怯虫

不等式的兩岸，最應疑慮的時局

它卻毫無顧忌
不等式的雙邊　無可畏懼時
它卻偏偏要恐慌　　（曹開手稿）

任何兩數如 $a$ 和 $b$，它們必然存在著下列的關係：$a = b$，$a > b$ 或 $a < b$，而 $a > b$ 和 $a < b$ 的關係式便是不等式。「不等式說公平的時候／就是最詐欺」，是在訴說司法判決的不公。被羅織罪名的事件，原本就是不公平，當此事被強調公平的時候，反而是最令人嘲諷的「詐欺」。「仁慈」、「馴順熱烈」被「狠戾無比」、「桀驁冷酷」所綁架，擁有武力與審判權的懦夫，卻能順勢將原本的勇士打成懦夫，並加以囚禁。在民主社會中，若統治者相對於人民有不對等的情形時，原本就該重新思考雙方的定位，而在那個時代權力卻被完全毫無顧忌的濫用；但等到有一天，人民無所畏懼的起身抵抗時，雙方（整個社會）就開始面臨「恐慌」；這提醒了我們民主的價值，以及眞正弭平社會中不對等情形的重要性。〈獨裁的數學公式〉裡也有曹開對於不公義的描述：

人間繁分式裡
他構造一條倒函數

成爲；$\frac{1}{P-1}$

$P$ = people　代表人民

在專制的公式裡

盤鎮於最高層的寶座上
傲視下界威風凜凜
獨一無二就是至尊的象徵

而當P值趨向無窮大
他的價碼接近零
要是P值趨向極小
它乃形成負面的數目　　（小數點之歌，97）

此詩毋寧是對白色恐怖做出最好的形容、見證與控訴。分母P－1在下方，P則代表人民，P－1即是除掉統治者之後的數目，而分子「1」則是寡頭，淩駕了全世界。當P的值越大，此式的數值就越趨近於0，也就是說當獨裁者洋洋得意的傲視下界、盤據在上方時，殊不知自己的價值已崩裂於斯。

P其實可說是個定數（人民數目大體來說是固定的），曹開想意喻的是，當此式成形時，其實獨裁者就已經毫無價值。最後一段的前兩句「而當P值趨向無窮大／他的價碼接近零」，是曹開一貫闡述的「零理念」——在上位者不需得意，這世間的一切本就就是零。後兩句「要是P值趨向極小／它乃形成負面的數目」，則是形容人心向背到達於負數，即使獨裁者仍在上位，則他的價值其實比零還要小，即使短暫的時間裡能夠在上位盤據，但獨裁者將來的歷史定位也會是負面的評價。

俄國傑出的批判現實主義作家托爾斯泰[27]（Лев Николаевич Толстой，1828－1910）曾說過一段名言：「人好比

分數，分子就是他自己實在的大小，而分母就是他把自己想像的大小；分母愈大，分數就愈小，如果分母趨近於無窮大，分數就等於零了。」不知曹開是否閱讀過托爾斯泰的作品，才有寫作〈獨裁的數學公式〉的靈感？或者人世間的道理皆同，而超凡的作家者皆能體現人間萬物之形義，因而成就不朽作品？

曹開又在〈虛根——科幻數學詩〉中如此說：

老是不願以「有理數」
虔誠落實於
廣大無窮的數群裡
始終妄自爲大
將自己囿限在孤高的$\sqrt{\text{樓閣}}$
主張特權
像自我錮禁於地府的殿堂
陷墜於狹窄閉塞無知的領域
卻愚昧而津津自喜
胸襟怎會開朗
難怪變成死角的虛根

27托爾斯泰（1828－1910），俄國小說家。出身貴族，曾就讀喀山大學，1852年他加入了軍隊，參與克里米亞戰爭，並開始寫作生涯。托爾斯泰目睹種種不平等現象，懷著悲天憫人的心腸，寫下了《戰爭與和平》、《安娜·卡列尼娜》等不朽名著，被認爲是俄國最偉大、最能夠反映時代的作家。另著有《復活》等小說，及《人生論》、《藝術論》等論著，作品中富於宗教精神及人道主義思想。

在美妙的人生方程式裡
徒增無謂的困擾煩悶
一旦構成函數的死結
也是徒勞無功
結果，無論如何
「開方」不起來了　　（曹開手稿）

對於「虛根」較詳細的數學意義，在以下第五小節「對理想世界的期待」〈理想的聯立方程式〉一詩中會談到。

浮而不實的虛根，是曹開所厭惡但卻無法釐清的，此詩藉著批判虛根，來談自己對「特權」的想法。

虛根可簡單解釋爲「負的，開根號後所得的虛數」，因此他形容虛根「將自己囿限在孤高的的√樓閣」，陷墜於狹窄、閉塞、無知、愚昧的領域，卻仍自以爲是、沾沾自喜，也因此影響整個社會、破壞了美妙的人生的結構，終至無法「開方」，糾成死結。我們看另一首〈迭代的變換方程〉：

（上略）
祇是塵煙奄奄，但此景將綿綿不變
縱然朝代的方程更換
「加減乘除」的清算猶未銷沉　　（曹開手稿）

除了出獄後仍然有被警察監視、查戶口的情況，因而有此感受之外，曹開也悲觀的認爲，即使執政者改朝換代，但由於人性本是如此陋惡，所以在重新排列組合後清算仍會繼續。也

或許是離開藩籬之後，有感於未能跟上紛亂多變的時代，以及不熟悉社會複雜的人際關係，他認爲即使表面上已經逃離監禁的所在，在獄外卻一樣有著被清算的事實。

3、對於劫後的深思

曹開就讀台中師範學校期間，究竟有沒有涉入反政府組織，或曾經萌生反對思想，至今仍是未知數，但在曹開〈玄虛的異數〉詩中，可看到他對這一段公案的描述：

美妙的人間方程式裡
你不願做一個平凡的常數
總以變幻的異數姿態
遊蕩在等號的兩邊
模仿孫悟空翻觔斗
剎那騰雲飛到左邊
瞬間駕霧降到右邊
使人猜疑莫測
望風興嘆
有時，你 {糾結「無理數」
死抱著「常數」}
潛躍在紛雜的數群裡
到處擾局
令精練的演算者
萬分頭痛厭惡
結局把你套上層層的括弧
——好比魔咒的金箍

讓你自囿於桎梏的枷鎖
爲了變換方程的檔案
用消去代入法
將你因數分解再分解　（曹開手稿）

「常數」（Constant）就是用來表示某個數值的符號，可分「數值常數」、「字串常數」等。12、9.6、-456等是數值常數，而字元常數則可以用單引號「'」一前一後包起來；字串常數是以雙引號「" "」一前一後包起來，如"a"、"數"等。「異數」相對於「常數」來說，則是無法定囿於框框內的數值。「有理數」是可以寫成分數的數，而「無理數」即不是有理數的數，所以不能恰好寫成分數或小數，沒有循環模式，如圓的直徑π無法去量盡圓周，而其質是3.14159265358979⋯⋯，永遠也無法精確。「因數」是可以把一個數整除的整數，比如說12的因數有1、2、3、4、6、12。

經由以上的數學定義來分析曹開這首〈玄虛的異數〉，我們可以更深入體會其中的意涵。不願只作個循規蹈矩的常數，不願被各種引號框架，曹開認爲自己是個變幻、遊蕩、騰雲駕霧，使人猜疑莫測、望風興嘆的異數，在「常數」與「循環無盡的無理數」這些紛雜的數群間潛躍、攪局，從這裡可以看出曹開本有反抗的精神，而在獄中他卻只能以這些數學的術語隱忍的展現。「演算者」代表有主導能力的執政當局，而異數終究會被魔咒、金箍所補取、桎梏，無所遁形。「因數」、「消去代入」是對肉體、精神的刑求與監禁，將一個人非凡的志氣與才華，完全分解。以此解析，曹開不甘於被羅織在黑獄

內蹉跎青春，所以用想像的方式，以文字（數學）來對抗這個令他厭惡的體制，也等於是他承認在年少輕狂時曾有反抗的思想、行爲。但不管如何，最後皆是悲慘的結局──他的整個人生都被「因數」分解而消失殆盡。總而言之，從此詩的題目和第一行中，就可以點破他這個「異數」，在當時已經非常清楚反抗過後的下場：從「美妙」分解成「玄虛」。〈定律〉一詩中他也有感慨：

一個正確
與一個錯誤
相加起來
等於一個「劫數」　　　（曹開手稿）

「劫數」在數學上並沒有特別的意義，單純是「遭逢劫難」的意思。「一個正確」也非重點，曹開在詩中要呈現的意念，是「一個錯誤」會造成無可彌補的後果。錯誤可能來自於自己，也可能來自他人（威權者者），但無論如何，他都深深爲此感覺到遺憾。〈零虛圓方程式〉也是在爭鬥後的悲觀看法：

不出公式所意料
人類竟把自己
也當做數字看待
上帝暗自覺得，多麼可笑

只好讓他們

陷於「加減乘除」的漩渦陷阱
畢生計較　互相清算
卻永遠無法數清結帳

不出定理所歸納
人類竟也把自己
當做無窮大級數
代入未知的不定方程式裡

不斷地劃括弧
盤算比勁
其實都是歸零再歸零
因子分解又因式分解⋯⋯　　　（曹開手稿）

在牢中受盡委屈的曹開，悲觀的認爲人類（數字）鬥爭是必然的，因爲一切都被上帝的公式所掌握，操弄著數字的運作。人們越來越膨脹自己，然後爲了自身利益爭相參與鬥爭，但其實再大的數字都是虛幻，最後終究會被人生的因式所分解，完全歸零。

曹開對自己爲何入獄的說法，一律都是以「冤獄」來形容，但他當初是否眞的爲了台灣這塊土地拼命、奮鬥，以致不容於當局而被捕呢？這是可以在他作品中略窺一二的。〈一個不定數的下場〉詩中可隱約看到他曾高談闊論，爲民主、公義奮鬥的理想反抗，而後入獄的痕跡：

一個喜愛虛自應變
自我膨脹的「不定數」
有一天，因偷戴了
無窮大的符號〈∞〉金框眼鏡
被公式發現檢舉
請入虛根桎梏符號的√‾的鐵匣裡
他卻蠻以爲被捧上
進入權力的崇高殿堂
驕傲地面對其他的數目
炫耀他了不起處境

這時，一個定數見情
就問這個"無理數"說
「你眞愚昧，不識相
殊不知，你被請入的
並非是個快樂的殿堂
你卻蠻以爲被捧進
至高無上的樓閣
其實，那是清算禁錮的刑室呀！
你別無知而津津自喜
有什麼可令人羨慕稱讚
不信試看，很快你就會
結帳還清　　（曹開手稿）

整首詩可說是在描寫曹開一生的心情，且脫不開悲情、懊

悔、覺悟的基調。年少時，愛自我膨脹的「不定數」，無窮大的虛胖自己，因而被公式（惡法、告密者）補入牢獄。初期因爲有犧牲奉獻的放大感存在，所以曾短暫洋洋自得，但隨即醒悟這是苦痛的開始。被√￣不斷開根號、貶低尊嚴之後，遂體認到自己越來越渺小。因白色恐怖而入獄的受難者，有些人在出獄後仍堅持當初的理想，投入政治的道路，而更多的人因而卻失望、覺悟、自卑，抑鬱的「結帳還清」，過完餘生，曹開道出了這些人的心聲。而在反抗、被打壓，因而遺憾、悲觀過後，曹開就眞的完全屈服於現實了嗎？我們再看〈記在沉默的程式中〉一詩：

當我死時
我已爲你的愛
拼命而奮鬥過
啊！敬愛的台灣
請把我的思想
記在您沉默的程式中
爲我保留
這一「小數點」
以便引導
數不清的卑微小數目　　　（小數點之歌，3）

台灣既是曹開所敬愛，他必然曾有所行動、實踐，因此他說「我已爲你的愛／拼命而奮鬥過」，但經過獄中的折磨後，只能屈服於現實，請土地將「我的思想／記在您沉默的程式

中」。「沉默」可以清楚的看出他的態度，無論如何，他都是都不願意將這些事情再張揚的，但他又對在黑獄內被蹉跎的青春不甘，並不願意眞的讓自己的一生完全沈默，因此希望用特別的方式「保留」，讓往後有共同理念的「數不清的卑微小數目」，有路可循。

曹開在1959年出獄，但直到1990年62歲（69歲去世）時，才眞正擺脫白色恐怖的夢魘。此詩若寫成於1990年之前，則可能是他覺得「奮鬥過」卻無法成功，且當時的氛圍仍無法將理想實踐，因此要卑微的小數目暫時沈默，但千萬不要絕望，依舊可以等待時機的到來；若詩成於1990年之後，則是爲自己曾經做過的奮鬥所誌，並鼓勵往後有民主思想的人們，若往後又有統治者獨裁國家的情形，也要如他一樣起身反抗。

### （三）渺小的存在感嘆

曹開自號「小數點」，他的數學詩中最常出現的數學符號就是「小數點」和「零與圓」，並運用了這兩個符號發展出一套可安身立命於其中的豁達哲學，此即爲曹開數學詩中最重要的思想與精神。曹開共寫了三首與數學有關的序詩，分別是：〈序詩一：記在沉默的方程式中〉、〈序詩二：小數點的詩感〉、〈序詩三：零與圓〉，可見看出「小數點」與「零與圓」在曹開心中的定位與意義。

綜觀曹開的作品，以「小數點」爲名的詩就有：〈小數點的詩感〉、〈給小數點台灣〉、〈小數點〉、〈小數點的願望點〉、〈點點點〉、〈小數點的崗位〉、〈小數點的墓誌銘〉

等；而詩中以小數點爲題，或提到小數點的詩作，也有：〈記在沉默的程式中〉、〈能清算什麼〉、〈反演公式〉、〈括弧的世界〉、〈世代的浮沫〉、〈夢迴的賦值〉、〈四捨五入的原則〉、〈迭代的變換方程〉、〈不同的運算〉、〈一滴墨水〉……等，數量相當多，此外以「小數點」自喻的作品，不但是曹開最自信之作，也深得比賽中評審的青睞。1987年曹開參加第九屆鹽分地帶文藝營爲學員，第一次拿出來參賽的作品中就有〈小數點〉，且還獲得了當年新詩創作第一名。〈小數點〉一詩中提到：

我是極小的小數點
原不願降生到人間
卻無意地被點在
複雜的數目中
多添人家的麻煩
人家細算起來
都說討厭
有人喻我爲
囉嗦的尾巴
有人罵我是
數字間的小螞蟻
但人家比什麼
我都不介意
我從不討人家的歡喜
雖匍匐在別人腳下

我仍把頭點在
正確的函數裡
拼命求精
頻頻拉近數目的差距

我是被人
漠視的小數點
雖然是這麼渺小的一點點
唯恐被四捨五入的原則而犧牲
但，既然爬在笛卡兒的座標間
除非被抹殺
我有自己的生存方程式
絕不自卑，更不自賤
看，無窮的空間
情何限！
我要依公式按定理
讓點點的軌跡
繪出正確的路線
然後，劃成光明的一面
永遠豎立在科學的尖端

〈註〉：笛卡兒：法國的大數學家。　　（小數點之歌，80）

不公義的時代轉輪，將曹開輾碾成灰燼，佈灑在黑幕裡十年之久，因此連在出獄後都無法真正獲得自由的他，也才拓印下「原不願降生到人間」的字句；但在這首詩裡又同時透露他

「決不自卑，更不自賤」的精神，充分展現了勇氣。即使是被稱爲「囉唆的尾巴」、「渺小的一點點」的小數點，但要精確計算這個時代，它卻是重要、不可或缺的。因此，曹開不自悲、自賤，找尋自己的生存方程式，「把頭點在／正確的函數裡／拼命求精／頻頻拉近數目的差距」，爲這個不公平的時代，繪出正確的前進路線。曹開既然自比小數點，也表示他其實仍有幫助小數點後那些微小數目的「豪氣」；雖對人生感到悲觀，但他仍宣示自己會繼續存在，挺身保護那些隨時都可能會被四捨五入的更微小的數字。身爲白色恐怖事件的受害者，蹲了十年的苦牢，曹開以微渺的「小數點」自喻，貼切地見證威權者者將權力無限擴張之後，個人權利被壓抑到極小與極卑微的困境。此外，他謙卑地以「小數點」比喻自己的存在，但這「渺小」是極具意義的，那就是證明眞理的確存在。在〈四捨五入的原則〉一詩中也可證實上述的觀點：

(上略)
於是小數點被抹殺
方程式產生了誤差
答案不完全正確
求證的眞理也難免失眞　　(曹開手稿)

一旦小數點被抹煞，被四捨五入的數字也將無從呈現，這樣的人生運算其實是不夠正確的，眞理因而失眞。在另一首〈不同的運算〉作品中，曹開提到：

你們選擇了「無窮大」
　我挑選了「小數點」
你們頑守虛根
　我擁護眞數

你們爭相「加減乘除」
　不休止地互套括弧
而我按公理整合矛盾方程式
　冷靜地自我因式分解　　（曹開手稿）

「無窮大」最終是會成虛妄的，因此曹開選擇以「小數點」認定、保護自我，以免再經歷「失去」的痛楚，並以此擁護小小的眞理，對抗迫害者所頑守的虛根。那些虛妄的數目（迫害者、告密者）仍互套罪名、迫害彼此時，他選擇不苟同，且不與施暴者、告密者同流合污，儘管當時陷入了被監禁、被矮化的困境，他仍堅持自己的理念：渺小，卻有尊嚴的存在。

勇敢起身對抗，是非常不容易的事，更何況曹開要面對的是一個威權機器所建置的龐大體制，以及綿密控制人民思想的意識型態，「小數點」其實早已傷痕累累；而是什麼支持著，讓他能繼續向前行？我想是寫作的動力，還有他經由創作所體悟出的一套豁達的歸零哲學。他在〈一滴墨水〉一詩中提到：

一滴墨水
像小數點
掉落到稿上

卻也力透紙背

伸張　擴展
它的軌跡竟獨幟一面
如貧困者的屹立
形成一個美妙的圓　　　（曹開手稿）

即使是個微渺的小數點，但只要堅持自我，便能像墨水滴在稿紙上一樣力透紙背，進而伸展、擴張、獨當一面，成爲一個美好的圓。從這首詩可以看到，曹開藉由描述有形的墨水渲染，強化自己、爲自己打氣，支持自己繼續寫作的動力。雖然是如此孤單地存在，但他相信只要不斷地將思想「伸張」，點可以成爲線，然後「擴展」成爲面，甚至有一天會構成他所企盼的「圓」。

### （四）零的哲學與體悟

曹開以「零與圓」爲詩名的作品也相當多，有〈零與圓〉、〈零珠佛鍊〉、〈零騎士〉、〈圓的異議〉、〈圓〉、〈零超越宇宙〉、〈（０），零主控座標〉、〈零和圓的完婚〉、〈零與圓的對白〉、〈零與球〉、〈僞完美虛圓〉、〈零的意境〉、〈零超越宇宙〉、〈零與對策〉、〈零看生死〉、〈〇點（座標中心）〉、〈零騎士的規勸〉、〈零和的泡沫氣數〉、〈〇與〇〇〉……等，以零或圓入詩的也有〈空門聯立方程式〉、〈點點點〉……等，可以看出曹開對這個數學符號，以及其背後隱含概念的重視。綜觀這些與零和圓相關的作品，有幾個特色：

1、零是小我的延伸

既然曹開以「小數點」自喻，那我們可說「小數點」是他「小我」的呈現，「圓」則是他「大我」的呈現，也即「圓」是「小數點」延伸與擴張後的美麗境界。以下舉曹開的《點點　點》，以數學上的觀點來談零與圓。

點點點
點是細細的雨滴
點是早晨的露珠
點是荷葉上的顆粒

點點點
我要連結你們
用你們的軌跡
寫一個大大的圓　　　（曹開手稿）

在歐幾里德幾何中，圓是個「平面上離一個點距離相同的點」的集合，若我們把「點」看作是半徑為零的圓，那麼點和圓就可以用相同的看法，將其屬性都視作為圓。數學上稱半徑為零的圓，叫做「零圓」；當圓的半徑趨減到零時，圓就成為了點，也就是說，點可看作是半徑為零的圓。曹開在獄中苦修數學，且可能已經熟讀高等代數，因此這些詩作都能與數學的道理、觀念相通。愛因斯坦曾說：「許多人的視野都只是一個半徑為零的圓，但他們稱卻稱為『觀點』，其實，我們看待這世界主觀或者客觀的差異，就在於視野半徑的長短」零與圓的

觀點，在此可得到相互輝映。曹開毋寧是看透了點與圓的關係，將之鑿作成詩，並以此在獄中作爲慰藉。〈小數點的墓誌銘〉中則呈現了點、線與零的關係：

前無始　後無終
點的消逝　是線的形成
死亡方程式的軌跡
猶在坐標裡
不滅的延伸——　　（曹開手稿）

《莊子・雜篇・天下第三十三》中，惠施列舉了公孫龍等辯者提出的論題，其中公孫龍（約西元前320－350）說：「一尺之棰，日取其半，萬世不竭。」其義即木材可以無限地分割，由此帶出了「物質的組成是連續的」之概念。西方畢氏學派（Pythagorean school）建立了幾何學的基礎觀點，採用「離散的世界觀」，他們認爲線段是由離散的（discrete）、而且是具有一定大小的點所串連起來的，線條可以無窮的分割，因而就成了「點」，點即使再小，但其長仍大於零，因爲這只是微觀與宏觀的認知與聯繫而已。由此可以看出，東西方都對點與線關係有過類似的觀點。

綜上所述，一條線是由無限多個點所組成而成，反向來說，如果我們將一條有限的線切割到最後，最後得到的就是「點」，因此點和線的關係是可以相互交換的；點的消逝，可以引申成點在成爲趨近於零之後（看似零，但絕不是零），以宏觀視之，其便呈現前無始、後無終的延伸成線狀態，反而在意

義上趨近於無限大；曹開藉此詩當成小數點（自己）的墓誌銘，將小數點看似歸零（死亡）後，其人生軌跡（詩作成就、爲台灣奮鬥的價值）卻仍不滅的意義闡明。

2、零是自我的重生

由於曹開對自己的人生有強烈的無力感，因此對於「零」特別感到有興味，也以「從零之中重生」的概念自強、自許、自詡。零是從「空無」演變而來的符號，在數學的世界中，無限的境界即包含了零，而在零的境界中其實亦蘊藏著無限，也就是說，絕對的大、絕對的小、有與無，都沒有決絕的對立，而只呈現出相對和兼容。由以上的觀念看來，「零」似乎屬於任何事物，卻又凌駕一切事物，反過來包納萬事萬物的總數；這種深奧的內涵，曹開已能在獄中體會，讓他在獄中對零有更多超越數學的思考，並對於自己的生命有所啓迪。

另外値得一提的是，東西方對於眞正的大、小，有以下概念。古希臘哲學家阿那薩哥拉斯（Anaxagoras，西元前500～428）認爲：「在小當中沒有最小，因爲小中恆有更小」（In the small there is no smallest, there is always a smaller.），因此我們也可以說，世界上沒有最大，因爲在大之外還會有更大，這些比喻與老子所說「至大無外，至小無內」皆有異曲同工之妙。

其實萬物都可以無限地分割，那怕是最小的一點物質也都包含著各種原素。曹開以此來寓意人生，將零非零、零不滅、零才能成就圓的意義闡明，最是恰當不過。〈零珠佛鍊〉、〈零騎士〉兩詩中曹開都有如此的引伸。以下先看〈零珠佛鍊〉：

我願把零字連環起來；

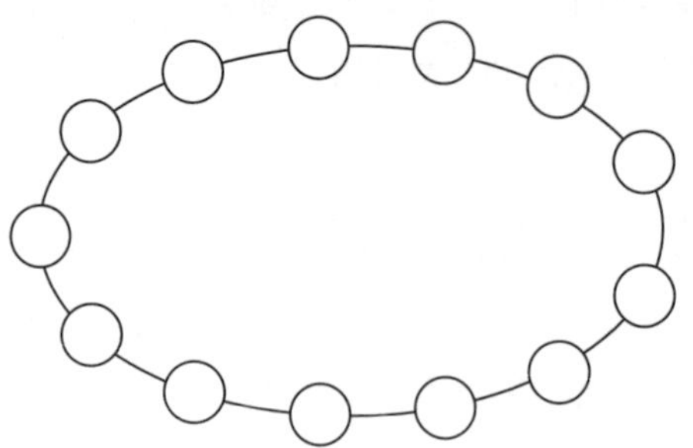

這樣聯結成爲
一串數不清的佛珠
用我人生的幾何線條貫通

掛在我火侯上的頸脖上
垂到我「虛懷若谷」的胸前
用我鍛煉的雙手
輪流掐著……

當我修心養性的時候
數一粒零珠
唸一聲阿彌陀佛
循環不斷地掐著

纏綿不絕的誦唸
直到每個零變成完美的圓
直到零字化爲靈珠

菩薩往生於其中　　（小數點之歌，139）

在〈零珠佛鍊〉的圖像詩中，曹開畫出了由零串組成的佛鍊，而這條零鍊的起始是零，結構是是零，掐弄、誦念，纏綿不絕的是零，循環的結果也是零，表面看到的是他對當時現實情景的悲觀意念（一切皆是零），但實則是將零之中微渺卻不朽的精神一一串連，藉以達到永恆。「虛懷若谷」是透徹，亦可說是對於白色恐怖的逃避；雖然面對（被監禁，自嘲是「修心養性」）或者逃離（虛懷若谷），終究都得要歸零，但零不會只是零，在失去一切後，他會轉念而重新找到自己的立足點，將零字化為靈珠，到達「菩薩往生於其中」的「完美的零」之境界。此詩中「往生」兩字和一般民間所意會的「死亡」的意義不同，在此乃是接續曹開一貫「由零重生」、「由零開始」的意念。〈神笛〉一詩也是以零來串圓：

無數的○
不是千瘡萬孔
它們是許多
啓悟的烙印

把無數的○
串製成一隻
奇妙的神笛
將吹奏出
圓舞的交響曲

〔無數的〝圓〞舞曲〕　　（曹開手稿）

無數的〇並非千瘡萬孔，是可以到眞正不凡境界的元素，而更深一層的意義是，串製無數啓悟的烙印，才可能吹奏出圓的交響曲，臻至完美；如果自始自終都只是個比零大的數字，就像凡人只會甘於平淡、庸俗而無法悟道。波蘭的女詩人辛波絲卡（Wistowa Szymoborska）[28]在〈種種可能〉一詩中寫到：「我偏愛自由無拘的零／勝過排列在阿拉伯數字後面的零」[29]這可以和曹開對零與自由的觀念相互契合。曹開也以有形的〈舍利子〉來談零與圓的關係：

（上略）
殊不知，零才是眞正的圓美
它經過死亡方程式，浴火重生
曾提煉過毀滅，涅槃
顯示零不朽的魂魄空靈……
無懼於任何厄運劫數　　（曹開手稿）

「零才是眞正的圓美」，從毀滅中再度不朽，舍利子可說是

28辛波絲卡（Wislawa Szymborska1923—），出生於波蘭西部小鎭布寧（Bnin），爲1996年諾貝爾文學獎得主；八歲時移居克拉科夫（Cracow），至今仍居住在這南方大城。她的詩作雖具高度的嚴謹性及嚴肅性，在波蘭卻擁有十分廣大的讀者，也是當今波蘭最受歡迎的女詩人。

29辛波絲卡（Wistowa Szymoborska）原著／陳黎，張芬齡譯，《辛波絲卡詩選》，台北市：桂冠，1998年，頁130。

個意義極深遠的喻例；在經過浴火的提煉後，空靈（零）的舍利子已無懼於任何厄運劫數，由零（死亡）之中展開重生。曹開以此闡述自己一貫的零理念，那就是曾歸於空的零，反而更能成就完美，能無懼於任何數目的侵襲，開創自己眞正不朽的圓。我們再看〈零騎士〉：

在函數的世界
奇妙的人間方程式裡
零騎士的獨特乘法；
把再偉大的數目
也當一匹小神駒
默默吻一下
輕輕一拍
便悄悄乘牠
騰空駕雲
飛向太空
尋找未知的天國去了　　（曹開手稿）

〈零騎士〉對於「無常」有所詮釋，只消「默默吻一下」、「輕輕一拍」，一切就會變成零。「零騎士」可喻當權者的迫害，消極的來說，此詩是曹開對自己遭遇的怨懟，但積極的來說，曹開在自己的函數世界中，也能當個「零騎士」，暫時拋開愁悶、騰空駕雲，將一切帶向「未知」的零境界，找尋歸零之後重新站起來、飛向天國的夢想。同樣的，在〈數目的夢幻〉最後一段中，「無理數打贏有理數／零淩駕無窮大」，以及

〈圓的異議〉中「看太陽的面龐／不就是與零的一樣圓圓／最美的月亮，不也是與零的／臉貌同樣圓圓無缺」的詩句中，「零」也有相同的展現。〈能清算什麼〉一詩的最後一段，也有類似的體悟：

倘若我是一個小數點
（中略）

倘若我是一個常數
（中略）

倘若我是一個有理數
（中略）

倘若我是一個異數
（中略）

但是，倘若我將來空空
去做一個零騎士
你就是化作虛數 運用劫數
在我的駕御下
你還能清算什麼呢？　　（小數點之歌，122）

調整心態，在不得不的艱困環境中，先將自己的人生、慾念化整爲零，以之反抗、發洩被囚獄的無奈後，再伺機成眞圓，是曹開在詩作中主要展現的經緯。前述小數點、常數、有理數、異數都會被清算、歸零，最後一段中「倘若」兩字更加深了無奈感，但在幻想成爲零騎士之後，在這虛擬的時空中，無窮級數、公式、無理數、符號都反而被零騎士「駕御」了。這種先消極後積極、似消極實積極的抵抗，也代表了曹開在一切歸零後，對未來公理、正義重新伸張的期待。〈永遠在一起〉則這樣形容：

零對圓說：
「眞圓完滿啊！
這個世上，沒有誰
能比得過你
你的形影，你的內涵
那樣至眞
當次和你相識
我就喜歡你
你的啓示你的美意
叫我著迷」

圓兒卻對零說：
「零啊！請把我指引
這個世界上，沒有誰
比你能指導人
進入無我的境界啊
沒有人比我更愛你

哦，零啊，我希望和你

永遠擁抱在一起」　　（曹開手稿）

零看到圓時也爲之著迷，認爲圓是理想的，但位於高峰、看似完美的圓，卻體認到零的必要性，希望能和零永遠擁抱在一起、歸零（相乘後成爲零）。儘管體認到自己的微渺，但曹開以此詩自我武裝，道出了圓非眞完美，零才是眞正的至高，且歸零後才能眞正成圓的境界。另外，〈零與圓的對白〉詩中談到：

（上略）

——你是否恆常取代我的身份

——但願永久如此

——當我提議交換名字　你是否會心跳

——我不會驚異（下略）　　（曹開手稿）

零與圓的形體相似，本質卻不同，曹開更認爲零的精神、意義均比圓來得高尚、有意義，零的境界更是圓所望塵莫及的（唯有先成零，才能完美的化爲眞圓）。此詩是零與圓的對談，但主體、掌控者皆是零。圓問零「你是否恆常取代我的身份」，而零彷彿是得道高僧般回答「但願永遠如此」；「但願」兩字其實是帶點含蓄性的侵略，又包容的敘說世界應然的歸向。「當我提議交換名字　你是否會心跳／——我不會驚異」則再一次對應了前兩句對話。「提議」顯示先說話的圓，已準備好這必然的演化，卻仍要故作鎭定，掩飾自己的緊張、虛空

感，而零老神在在的、平靜的回答，更彰顯了看似雙包胎的圓與零，實則必然會合一、歸零，爾後重生的必然性。曹開也曾明確寫出「零才是一切眞正開始」的詩句，如〈數字紛爭的輪迴〉：

所有階級的數目
都被捲入加減乘除紛爭的漩渦
終於在人間方程式裡
無法避免被消去歸零

但，每個數字
並不能忘記，萬物的母胎就是零
從它的虛無中
會孕育再誕生新的數字（下略）　　　（曹開手稿）

在這首詩中，曹開爲自己注入希望的養分，他不認爲被消去歸零之後就是結束，反而認爲，唯有回到空無、回到萬物的母胎之中，眞正的悟道之後，才是眞正重生，在虛無中「會孕育再誕生新的數字」。20世紀最具爵士色彩的作曲家喬治·蓋西文（George Gershwin，1898－1937）[30]在歌劇〈波吉與貝

30喬治·蓋西文（George Gershwin，1898－1937）生於美國布魯克林區，12歲開始習琴，16歲就開始到百老匯寫曲彈琴，之後在二〇年代快速竄紅，成爲那十年間百老匯裡最受歡迎的作曲家。之後三〇年代米高梅等電影公司在好萊塢籌拍大型歌舞片時，就重金邀請其前往監製、作曲，可惜他在1937年就英年早逝。在他過世後，每一世代的爵士樂手都一定會改編他的歌曲來演奏。

絲〉（Porgy & Bess）中創作的主題曲之一〈我一無所有〉（I Got Plenty Of Nothing）當中寫到：「我一無所有，但一無所有卻令我感到富足。」正可以與曹開所欲表現的「由零之中重生」的精神相互輝映。

3、零是豁達的境界

曹開在人生的精華時期入獄，可說是從滿溢的「有」一瞬間成爲「無」的過程，因此他在獄中用數學詩的概念，將自己的人生再由零堆砌起來，慢慢往「有」的方向前進。我們可以這麼說，曹開已經頓悟了「零」與「虛無」，反而認爲經歷了「零」與「虛無」之後，才能眞正廣納一切、超越一切、放下一切，也就是人要嚐到了「一無所有」的苦果，才能夠眞正珍惜所有。從曹開的〈零超越宇宙〉可看到他自我安慰的豁達哲理。

零是無邊無際的總和
它是宇宙之母
從它的胎盆
萬物產生

它是中立的樞杻
不偏担任何方位
達觀而不孤零
調和虛實，統合一切

零積極的參與

操作所有的轉機
創造世間
謙遜脫俗的內涵

只有零能令狂妄的無窮數字
回省歸元
渺茫自大的無極
收斂知還　　（小數點之歌，136）

除了零與圓的意念探討之外，由形象看來，地球也是零的一種，人類生活在地球上，就只是在零的表面展演著各種動作，不管有多少的希望和努力、付出，都無法掙脫控制，最後還是會回歸於零，因此其實人生沒有什麼事是眞正需要計較的。

曹開在〈零特輯〉一詩中說：「不輕忽虛無／不忌妒空洞」就是對於本質的頓悟，也因此他「不怕被擊毀／更不懼死亡」，如果能夠體悟這個道理，就能看透榮辱，甚至是生死。〈零特輯〉中更有一段佳句：

（上略）
要是我們
擊碎了一個零
那純是爲了貪慾
並非有驚天動地的突破
因接著另一個更大的零

又顯現在眼前
緊緊裹著我們（下略）　　（曹開手稿）

一個又一個圓，不停圈豢住人類的慾念；人類汲汲營營的進行「發明」、「創造」的工作，以爲擊碎了零是一種突破與擁有，殊不知此時早已被更大的圓所緊裹。這些詩句都是曹開在經歷了人生的大風大浪後，透過一個簡單的數學符號，凝鍊出通透的人生哲學。另一首〈計算機寫詩〉，他則在其中闡釋類似的觀點：

古人作詩平平仄仄仄平平
計算機寫詩一二三四……
人家嘲諷；
「那怎麼算詩？」

電腦笑著說；「你們心裡有數
不管三七二十一
那不也是強詞奪理
不如來肯定達觀的數學詩」　　（曹開手稿）

曹開在獄中前期曾大量寫作新體的古詩，而這首詩當爲創作新詩前期所做。他以古詩格律爲例，比較電腦的思考模式，強調一二三四的排列相較於人類「心裡有數」而成的強詞奪理，才是相對的「達觀」。

莊子曾說過：「察其始而本無生，非徒無生也而本無形，

非徒無形也而本無氣。雜乎芒芴之間，變而有氣，氣變而有形，形變而有生，今又變而之死，是相與爲春秋冬夏四時行也」。[31]也就是說，莊子認爲人的生死，不過是氣的聚散，就像四時的運行、晝夜的更替一樣，都屬於自然的現象；生與死沒有好惡的分別，人應該適性、順天，以超脫生死的羈絆、擺脫紅塵的喧擾，如此才能超越世俗。以此思維映照數學詩，我們可以瞭解，唯有「達觀」能讓人類擁有眞正的立場，不至於落入「有數」的迷思與迷失。「那怎麼算詩？」在監獄裡被囚禁的肉體，渴望擁有眞正的解脫，也以此告訴世人必須再深層認知、探討何謂眞正的詩，何謂眞正的達觀。

### （五）理想世界的期待

雖然監禁在獄中被剝奪自由、遭受刑求，但曹開仍保有關懷土地的心，並以數學詩來闡述他對心目中理想社會應達成的目標，以及如何達到的方法。先看這首〈理想的聯立方程式〉：

在紊亂的
世界函數裡
要建立理想的
聯立方程
首要理清虛根
歸納有理數群

31黃錦鋐，《新譯莊子讀本》，台北市：三民，1974年，頁212。

從紛雜中

整理繁分式

尋找數目的公因子　　　（曹開手稿）

以下先簡單解釋此詩中有關數學的專有名詞，以確切進入此詩的中心思想。方程式是含有未知數的等式，而聯立方程式是一組方程式，而且同一個變數在每個方程式裡必須代表相同的數，聯立方程式的解必須同時滿足這一組方程式，也就是讓所有方程式成立。例如，求聯立方程式 $\begin{cases} 3x+2y+z=39 \\ 2x+3y+z=34 \\ x+2y+3z=26 \end{cases}$ 的解。因此一個理想的聯立方程式需要順利的求出其解，也就是方程式裡的各式都要眞正相互關聯，互相支援、隸屬，才能順利的用代入法、消去法、圖解法等方式順利解出答案。虛根的解釋如下：若y平方+1=0，則而此式會有所謂的「根」，即y要代進去什麼數，才能使得y平方+1=0，這個數就叫做「根」。而此式會有二個根，一個是正i，一個是負i，負i就叫做虛根（i爲虛數單位）。

詩中提到，世界的函數是如此索亂，需要先摒除一般人覺得浮而不實的虛根，再棄去無理數、整理繁分數，才有可能找出公因子，進而代入或消去方程式，將世界改造成「理想的聯立方程式」。然而在這個偌大的世界函數中，數字之間的關連、信任何其難解，繁分數、有理數的歸納、整理又困難重重，更何況「虛根」只是個爲了解方程式而引進的一個代號，由古到今在數學的計算中仍有不同的解釋觀念，因此這個夢想不容易實現的。即便如此，他仍成功的以數學的名詞與公式，

間接的、有深度的表達如何達到理想境界的方法，實在難能可貴。

對於人際間相處的關係，曹開則是以數學符號詩〈形象學〉看待：

假若三角；△ ＝惡行
而圓；◯善行

要是兩者的切點，在圓週；
他的角尖不致傷人 

反之，切點在三角邊；
其角必會造成傷害 

可見除非圓貫通三角尖
無法達到詼和的境界　　（曹開手稿）

此詩藉由數學圖形以及數學的解題證明法，來探討人間的善與惡。「惡」是尖銳且多面向的，如果我們放任惡在社會上横行，或甚至只要稍不注意，惡的尖角便會刺傷他人，唯有人人在心中都展現如圓的善來包覆，才能抑惡。詩末曹開更進一步以 的意涵提醒我們，小善非但不足以止惡，還可能被惡所利用，以善之名行惡之實，不可不留心。

每個人的心中皆有善惡，藉由數學的圖形與演算，可讓我

們更警惕、瞭解善惡的糾結與趨向諧和境界的方法。再看〈正負兩面〉一詩：

你說他的斜邊
　就是你的對邊
他說你的負面
　就是他的正面

他喻他的屁股
　就是你的顏臉
你喻你的肛門
　就是他的嘴唇　　（曹開手稿）

關於「你說他的斜邊／就是你的對邊」兩句，在數學的三角形上廣義的來說，相鄰的任兩邊，另一方的斜邊，就是自己的對邊。

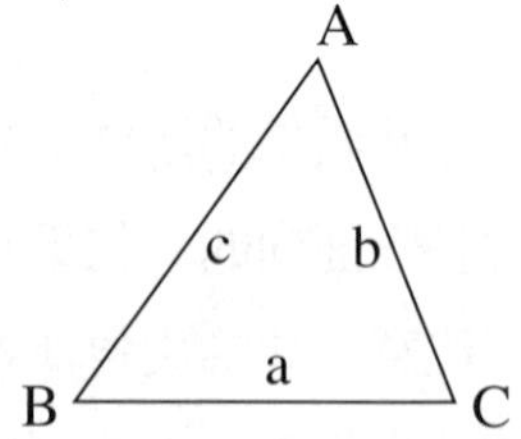


以a邊為例，b邊的斜邊即為c邊，c邊的斜邊即為b邊，b邊、c邊皆是廣義的a邊的對邊。三角形一定要三邊相接才能成形，因此要維持形狀，必須三邊相配合、相對，不能有任一

邊偏離、位移，若有任一邊交相指責，便會偏離而無法成形。

關於「他說你的負面／就是他的正面」兩句，在數學等式中，若將等式左邊的數字移到右邊，這個數字便要加上負號，成為負數，因此在等式兩邊的人若互相指責、攻擊，其實都是暴露了自己的缺點，就如同將一根手指指向別人時，其實有更多的手指指向自己。

「他喻他的屁股／就是你的顏臉」、「你喻你的肛門／就是他的嘴唇」則接續詩中第二段等式的定理而成。若看有人在消遣自己的過錯（屁股）時，就該要好好想一想，是否那也是自己的缺點（他人的屁股轉換到等式另一邊，就猶如自己的顏臉），反之亦同。

利用這些數學上基本的圖形、定理，曹開闡述了人生微妙的道理，並讓人心生警惕。

## （六）土地的永恆眷戀

在曹開的詩集的一開始，就可以看到這首序詩〈記在沉默的方程式中〉。曹開這樣寫著：

當我死時
我已為你的愛
拼命而奮鬥過
啊！敬愛的台灣
請把我的思想
記在您沉默的程式中
為我保留

這一「小數點」

以便引導

數不清的卑微小數目　　（小數點之歌，3）

曹開在台灣這塊土地上，經歷白色恐怖的迫害而入獄十年，出獄後仍不斷受到情治單位的監控與干擾，讓他萌生移民的念頭，甚至於眞正付諸移民的行動，也在國外住了數年，但最後還是又回到這一個曾經讓他傷心的家鄉頤養天年。由〈記在沉默的方程式中〉這首詩，我們可以知道他眞正經歷了許多人爲的迫害，但在他心中對台灣這塊土地的愛，卻仍多過於恨，因爲他在出獄之後還能以同理心來關懷在社會角落的弱勢者——那些跟他一樣被「因式分解」成小數目的不幸的人們。

此外，對於他生長的地方——台灣，曹開也多所著墨。他在〈給小數點台灣〉中有這樣的感概：

台灣，你在煩雜的世界裡

變幻莫測的函數中

經過漫長無情的演算

你仍是個獨屹的小數點

（中略）

台灣小數點，快起來，來指引那些沒有依靠的小數目

從沉迷混濁拘囿的領域

凝聚決心，自立圖強，脫穎而出

把生命改觀，發射光明的異澤

哦，小數點台灣，你經過漫長苦難的年代
經過不斷地琢磨試煉，你還是精純
起來迎獲美譽光輝和偉大豐碩的成果
醒來啊小數點，哦，台灣戴上榮耀的花冠　　（小數點之歌，84）

這首詩較爲冗長、淺白，在寫作技巧的運用上無法跟其他的數學詩相比，但在曹開卻因而清楚地道出他對台灣這塊土地有高度的期待，他相信「虛根正在搖撼」，而「錮禁的括弧將要因式分解」，透過「數不清的卑微數群在黑暗中呼喚」的力量，必將台灣這小數點導向「正確方程」，讓台灣戴上榮耀的花冠。〈小數點的願望〉一詩，也可以體會到他在出獄後亟盼與台灣人民一起自由歌唱：

當一個小數點
經過無情的因式分解後
未被四捨五入的原則而犧牲
從〔括弧〕的囚縛中
得到自救 脫穎而出
像一隻被錮禁的鳥得到釋放
不再受到隔絕孤立
而自由了的時候
歡欣展翅　大步朝向
浩瀚的天空飛翔
我所期望的今天的台灣

就是這樣——
我天天就是因此
爲家邦與鄉親不斷地歌唱　　（曹開手稿）

此詩可說是曹開在眞正解脫情治單位的監控後，爲自己、爲台灣歡欣而作的詩句。

## 五、結語

曹開在獄中就開始琢磨數學詩的寫作，漫長悠遠的時間裡，他身處恐懼與陰影之中，在沒有舞台、沒有聽眾，更沒有掌聲的情形下，仍然堅持寫作的道路，就數學詩的創作形式與數量來說，他不但可說是台灣第一位眞正創發數學詩的詩人，數量也絕對是第一。

呂興昌所撰寫研究曹開的論文，以「塡補詩史的隙縫」爲篇名，終於爲曹開這個「小數點」在台灣詩史的隙縫裡，留下一個相當高度的位置。就台灣文壇來看，從五〇年代截至目前爲止，尚且無法找到像曹開這樣用心專注於「數學詩」的書寫、鑽研者，就「數學詩」數量與藝術技巧，他都可說是第一人。從整個華語創作區域來看，1999年中國的湖南教育出版社曾出版了一系列與科學相關的小說、散文與詩歌全集，其中《中國科學文藝大系：科學詩歌卷》就收錄自1919～1998年中國大陸作家所寫九十多首的科學詩，其中僅有少數的數學詩作，其技巧、內涵也未能與曹開相提並論。在曹開創作的一千五百首的新詩裡，數學詩創作雖只有278首，卻都是曹開創作

的精華意旨所在；曹開在數學詩中運用「小數點」、「零與圓」簡單的符號，運算出深奧、豁達的哲理，我們稱他是第一的「數學詩人」，實是當之無愧。

# 第4章 獄中詩：向恐怖與不義怒吼

## 一、曹開入獄前後

曹開入獄的時間長達十年之久，1950年被軍法處被判處十年徒刑後，先囚於台北監獄，1951年4月轉囚火燒島，直到1959年12月才刑滿出獄。1955年在火燒島的監獄，有人被控意圖搶奪補給船逃亡，曹開亦被誣指涉案，押回台北保密局嚴訊查辦，之後轉送軍法處，有多人因這次事件被處極刑，倖存者寥寥無幾，曹開是其中之一。此後曹開再被送往新店軍人監獄監禁，直到刑期屆滿。曹開的數學詩大都在囚禁獄中期間鑽研寫作，但因擔心茲生事端，出獄前將在獄中所書寫並秘密收藏之手稿完全銷毀。

曹開出獄後才開始創作對監獄所思所感的獄中詩，數量約有396首。呂興昌先後出版的兩本曹開的詩集（所收錄詩作相同），其中「獄中悲情」一類共收入曹開的獄中詩34首。獄中詩寫作類型有寫景詩，描寫火燒島監獄外的落葉、雁、漂鳥，也有描寫獄中囚梏犯人的手銬、腳鐐，以及逼供、刑求的情況，和勞動、奴役（敲石頭、搬石頭）辛苦過程，此外還有抒情詩、描寫困囚獄中精神上的自我安慰與幻想、能否出獄的徬徨、獄中同袍間的友情，以及對執政者的怒吼……等。

許多受過白色恐怖迫害的受害者，在這段歷史尚未被平反的時候，便積極地投入反對陣營的地下政治活動，有的人則是

消極地沉潛，從此不再過問政治；曹開選擇後者，出獄後不願跟任何的政治活動、政黨有牽扯，甚至在台灣政治風氣逐漸開放，國家機器對人民的鉗制廣被檢視與討伐之際，斷然拒絕許多想爲這段歷史釐清與平反的媒體記者採訪。宋田水曾在〈絕無圖書處，自有好江山──數學詩人曹開〉一文中提到，曹開當年因爲擔心出名會招來橫禍，而回拒了專門替政治犯作口述歷史的胡慧玲，和當時在TVBS電視台擔任記者、後來投入白色恐怖研究者──藍博洲的訪問[1]。或許是因爲對政治迫害的恐懼陰影無法揮去，他拒絕了過度彰顯自己的方法，只選擇寫詩記錄心情。

曹開不但不間斷地書寫，甚至積極地把自己的作品翻成英文，想要參加國外的文學獎，因爲新詩的世界，一直是曹開認在安全的前提下，對於記錄生命的最積極作法，尤其是在書寫獄中詩的過程中，他才能感覺眞正地被釋放。在呂興昌爲他出版的詩集中，「獄中悲情」一類的序詩〈獄中序詩〉提到：「無數獄中吟／發出正氣的聲音／多感人肺腑／世界榮華富貴沒有他的份／死後詩章不得盛名／也應永遠流傳！」可知曉曹開書寫獄中詩的目的，是要見證威權獨裁將許許多多思想犯囚於火燒島上的歷史。

筆者整理曹開手稿時，發現曹開曾經爲獄中詩出版預作準備而寫的多篇序詩──〈我們的詩歌－獄中詩代序〉、〈獄中詩感兩貼－代序〉、〈代序〉等，都透露著相同的意圖。〈獄

1 宋田水：〈絕無圖書處，自有好江山──數學詩人曹開〉，《傳記文學》第38卷第六期，頁117-122。

中詩感兩貼－代序〉一開頭，他寫道：「把四周隔絕的銅牆鐵壁／當做世間算式的〔小括弧〕／禁囿裡面　宛如坐禪的『眞數』／寂無聲息　清靜　悠遠」。曹開運用了數學詩的符號技巧，影射困於監牢中的處境。最後他說：「今古古今／幾人歇過千獄萬牢？／桎梏刑邦／聖靈縱然被錮禁／天地正份外光明／逆境卻留下勇者的腳印」這首序詩氣勢磅礡，完全沒有迴避與退縮，肯定並讚嘆當年在火燒島上備受煎熬與苦難的那群勇者，內心所彰顯出的正氣與堅毅。在〈代序〉一作中，他道：「世間的富貴諒必沒有他的份兒／不管死後的文章是否贏得聲名／口氣奇特，異質的存在／用不著大驚小怪，不朽的詩集已經編成」從這首詩看到曹開對自己作品展現的信心，不求作品能贏得富貴、聲名，只求這些獄中詩匯聚成不朽的詩集，爲那樣苦難的年代，爲那些曾經被荼毒迫害的人們發聲，並留下見證。在〈我們的詩歌－獄中詩代序〉，他提到：

我們被放逐，錮禁
又一個惡魔島在我們眼前
就當作他們選擇給我們
休歇的地方
這是威權獨裁的安排
難道還說也是天命使然
我們在這火燒島上
手牽著手心連著心互相鼓勵
渡過漫長的囚涯
經由苦難孤寂的折磨去體驗人生

也就因此
我們的詩歌旨趣非比平常的作品
它飛越苦海
越騰台灣玉山巔峰之上
去追尋另一種更高的無我境界
那是從未有人表達的
嶄新獨樹一格的題材　　（曹開手稿）



這首詩可說展現了他對於自己以及當年獄友獨特、眞切的心情。詩中，他沒有運用太多的寫作技巧，文字淺白易懂，和數學詩的寫作手法不同，可能是爲了易於讓讀者領會獄中詩的心情。此外，雖是爲個人作品出版作準備，曹開卻多次用了「我們」一詞，因爲他與這些獄友們當年同在苦難中手牽手、心連心，才得以相互支撐，度過漫長的囚涯，所以對曹開而言，爲一同體驗苦難的這群人所寫作的詩歌需要有非比尋常、獨樹一格的特質，來提升作品的境界。現實生活中，曹開選擇「低調」面對白色恐怖的傷害，更拒絕許多的採訪與曝光，而在詩歌的世界裡，他卻選擇「高調」書寫那一段不爲人知的歷史。

## 二、台灣獄中詩的書寫

無論是二二八事件或白色恐怖的歷史，隨著台灣民主化的腳步不斷向前邁進，都不斷地被爬梳與釐清，越來越多的獄中文學書寫研究也紛紛出爐，試圖作更深入的瞭解。目前關於台灣監獄文學的研究已有兩本博士論文，分別是黃文成，與王建

國的博士論文。綜觀這兩本博論的研究成果，台灣監獄文學的創作最早可上溯1895年日本統治台灣以後，因抗日而入獄的創作，例如洪棄生的古典詩以及賴和的〈獄中日記〉。1945年以降，因二二八事件、白色恐怖與美麗島事件的發生，許多台灣的菁英、知識份子被羅織罪名入獄，也因此監獄文學的創作「不乏人才」。在這其中，有一類本身已經是作家，因爲思想或創作被冠上罪名而入獄，例如柏楊與楊逵；有一類則是因政治因素而牽連入獄，受到囚禁的衝擊與傷害，因此在獄中或出獄後，開始鑽研文學並寫作，曹開則是屬於後一類的作家。

1945年以後監獄文學的寫作類型，大致可分小說、散文（包含日記、雜文、書信、回憶錄）、新詩，其中寫作獄中詩的創作者有柏楊、楊逵、施明正、柯旗化、與曹開等。關於火燒島的記憶，楊逵多以散文與雜記呈現，如《綠島家書》，而施明正則以監獄小說見長，如〈指導官與我〉，兩者的監獄詩都僅有數首，而柏楊、柯旗化與曹開是同時代，且監獄詩數量較多的作家。柏楊[2]的獄中詩收入《柏楊詩抄》[3]，均以古典詩的

2 柏楊（1920—），河南輝縣人。1950年起，以郭衣洞之名從事小說創作，爲寫作生涯之始。1960年代用柏楊筆名爲《自立晚報》及《公論報》撰寫雜文，揭露中國文化的病態與社會黑暗面。1968年3月7日被以挑撥人民與政府間感情罪名被捕，至1977年4月1日始被釋放。出獄後，續爲《中國時報》及《台灣時報》撰寫專欄，並曾赴多國發表演講，引起強烈的迴響。其作品類型廣泛，含括小說、雜文、詩、報導文學、歷史著作、文學選集等，著作等身。2006年秋，宣布封筆。主要著作有《中國人史綱》、《醜陋的中國人》、《異域》、《柏楊回憶錄》、《柏楊版資治通鑑》、《柏楊版通鑑記事本末》、《我們要活得有尊嚴》等。

3 1977年柏楊欲出版其獄中詩抄而未果，1992《柏楊詩抄》增訂再版，加入出獄後12首爲「後輯」，易名「柏楊詩」，收入《全集》之中。

形式呈現，包含古詩與詞共有62首，這些詩道盡了柏楊生命史中最悲慘的時光，在柏楊〈我來綠島〉[4]一詩中可以窺見：

我來綠島時，狀如待烹狗。
胸背縫數字，一三一二九。
兩人共一銬，繩索縛雙肘。
滿目皆兵衛，飛機壓頂吼。
巨艦載千里，橫臥甲板首。
烈陽似火燒，甲板燙炙手。
陣雨衣盡濕，陣風百骨抖。
歷進三晝夜，仍見笑開口。

詩中「胸背縫數字，一三一二九」、「兩人共一銬，繩索縛雙肘」等被囚的悲慘情景，以及押解過程中的痛苦經歷，和自身樂觀、豪氣的表現等等，均可以和曹開所寫的獄中詩相互對應。

柯旗化[5]的獄中詩多收在《鄉土的呼喚》[6]詩集，詩集中言



4 柏楊，《柏楊詩抄》，台北市：躍昇，1993年，頁62。

5 柯旗化（1929－2002），筆名明哲，生於高雄左營，1951年－1953年被以「思想左傾」的罪名監禁，出獄後專注於英語教材的研究與書寫，並開設「第一出版社」，先後出版了《新英文法》等十數本英語教材。1960年，因牽涉雷震案再被羅織罪狀，在綠島監禁15年。1986年，創辦《台灣文化》季刊，鼓吹台灣意識，於1988年被禁止出版。著有《南國故鄉》、《鄉土的呼喚》、《母親的悲願》、《台灣監獄島》等文學作品。

6 柯旗化以「明哲」爲筆名，由台北笠詩刊社於1982年2月出版了個人詩集《鄉土的呼喚》。

明「綠島之歌」，數量雖只有4首，但實際上整本詩集34首作品均可作爲他獄中詩的研究參考，其中一首〈撿屎與挑糞的日子〉[7]中寫到：

在離島的小漁村
我做過清潔工人
天天掃馬路水溝
撿拾豬屎狗屎
清洗廁所挑人糞

並非出於自願
只因冒犯了主人
而身不由己
（下略）

此詩雖然看似平凡的清潔工人所作，但「非出於自願」、「冒犯了主人」、「身不由己」等句，均可以體會到他在獄中被強迫奴役的無奈，以及對於當時威權政府的不滿，而藉由此詩來隱晦展現。

曹開目前所發表的作品也收錄在呂興昌所編的詩集中，因此上述的兩篇博論，討論到1945年以後的台灣獄中詩時，皆有參考這些書籍，對這三位詩人有相當的著墨。

黃文成的博論中，分別以〈柏楊論〉、〈曹開論〉與〈柯

7 柯旗化，《鄉土的呼喚》，台北市：笠詩刊社，1982，頁84。

旗化論〉專章介紹三位獄中作家的作品與特色。他根據呂興昌編詩集中收入的數學詩與獄中詩分析曹開藝術成就，認爲作品中充滿了嘲諷、戲謔、幽默的特色，且也針對曹開對「小牢」的描寫，也就是獄中詩裡對人物、聲音與物體的具狀部分，有著相當精闢的分析。王建國的博論中，特闢一節分析監獄詩，曹開被列舉爲獄中詩重要作家之一，爲其文學定位更添一筆。唯一美中不足的是，以上兩篇論文都僅參考呂興昌所編之詩集，未能更廣泛對照曹開其他未發表的獄中詩作品。

曹開與柯旗化這兩位獄中詩的作家，相當巧合的都出生於1929年、都受過日文的教育，戰後也都唸過師範學校，並在那個特殊時代同樣經歷過囚獄的苦難，因而寫下獄中詩。1992年柯旗化以日文書寫，在日本出版了回憶錄《台灣監獄島》；2002年過世不久後，家人又幫他在台灣出版了該書的中文版。相較之下，對於那段獄中的苦難記憶，曹開並沒有自傳或回憶錄留世，終其一生也僅接受中國時報張宜平與研究者呂興昌、宋田水的採訪，因此要了解曹開在火燒島的日子，就只能透過他所留下的新詩作品。本文希望能夠透過曹開所有的手稿作品，全面性的對曹開在監獄中生活記憶所寫下的獄中詩作出分析，因爲那是他最自在面對，也最願意留下來的歷史片段。

## 三、曹開的獄中詩特色

曹開在〈歷史的見證〉中是這樣形容的：

苦難的每一慘痛

顫抖在桎梏祕密的深處
每一種侮蔑
聚集在偉大的幕後

那些走上驕橫錦繡之路的人
用他們血汙的鐵蹄
蹂躪著大地的嫩綠
覆蓋著卑賤的生命在他們的腳底

但　難道明天又是他們的
提醒他們別太得意高興
大眾是恆遠跟忍受重壓的卑微者在一起
只是在黑暗中隱藏了臉　抑制了他們的悲憤

啊　太陽將會從流血的心頭上升起
在清晨的花朵中開放
那些狂熱傲慢火炬
終於會在苦難的國土上熄滅化爲灰燼　　（曹開手稿）

一個曾經利用白色恐怖來威嚇人民的極權政黨，在統治台灣半世紀後，雖沒有化爲灰燼，但在台灣民主聲浪不斷的衝擊之下，當年「那些狂熱傲慢火炬」的確已經熄滅不少，也朝著民主的方向逐漸修正政黨理念；很可惜的，曹開沒有機會見證這一刻的到來，但他用獄中詩裡的一字一句來記錄當年極權政黨的暴行，可供台灣後代子孫警惕與反省。

本文將曹開獄中詩分為六點來敘論、分析：（一）政治迷霧的恐慌，（二）自由的可貴——落葉、雁與漂鳥，（三）牢獄生活的刻痕，（四）黑暗與光明的判分，（五）死亡陰影的籠罩，（六）對執政者的抨擊。

## （一）政治迷霧的恐慌

柯旗化在回憶錄《台灣監獄島》中曾描述他在1951年7月31日第一次被逮捕拘禁的情形。當天晚上，柯旗化莫名奇妙被四個特務帶到高雄北野町派出所偵訊，當他被帶到審問室時，看到牆壁上張貼著標語寫著：「寧可冤枉九十九人，也不放過一個匪諜。」這時柯旗化才會意到，他要面對的是多麼「無可理喻」的政權[8]。柯旗化的預感並沒有錯，從那一天，他就被冠上「思想犯」的罪名，而且前後入獄兩次，一生繫獄幾達17年，也因此他後來走上反極權統治、支持台獨的路線。而曹開究竟是如何成為「思想犯」？很可惜的是，他並沒有留下來任何眞確的自白、紀錄可供佐證，甚至與他最親密的太太，也只表示「不知道」、「從來沒有聽過他提及」，曹開只簡單說是「被誣陷」[9]，也就因為「莫須有」的罪名而被定下重罪。曹開在〈思想犯〉裡，陳述當年被捉時候的心情：

當我還是學生天眞爛漫
　我便被判罪成爲思想犯
撇下年青的輕狂

8 柯旗化，《台灣監獄島》，高雄市：第一，2002年，頁102。

9 參閱本論文附錄2006年8月23日曹開妻口述歷史。

留給我父母太多的驚惶與麻煩

甚麼家業，甚麼財產
　我從來無趣承接照管
弄得有囚徒的手銬作伴
　忍受啊，憑我的堅強健壯

一個自由的憧憬
　一個強烈的使命
鼓勵我：「這是新的前程
艱難的道路，永遠上昇」
（中略）

終於我隱逸的精神
　化作輕盈的行雲
從禁密的鐵柵縫
　霍的飛翔到浩瀚的太空
（下略）　　　（曹開手稿）

曹開是家中的長子，當他被牽連入獄後，原本就不富裕的家裡還費盡心思，籌措了一筆錢來幫他奔走，豈料全都枉然，因此他心中對父母始終懷著虧欠。獄中的生活儘管痛苦，但曹開忍耐著，相信自由終會來臨，並讓自己的靈魂化作輕盈行雲，從禁密的鐵柵欄縫隙中向浩瀚天空飛翔。

在現實生活中，曹開在出獄後就不願再跟政治有所牽扯、

評論，但他還是對台灣白色恐怖的延伸──「美麗島事件」有所感觸，並在回想當年繫獄的種種悲情後後，留下了詩作〈浩劫〉：

台灣有好幾佰個中學生
好幾佰個大學生
他們死在同一個患難的時辰
他們一下子死於屠殺的非命

當他們的死屍連串被投入愛河中
漪漣怒放了萬朵血花
無數的家屬親人
一個個的神情使人酸心

許多失去孩兒的雙親
向冤魂燒香祈願：
上蒼有眼明鑑啊！
假使神明靈驗，並給他們天譴

殖民的大官老爺
辦這件案倒沒有拖延
他們又緊急爲嚇阻抗議陳情……
總是扣動一窩窩子彈的黃蜂

鎮壓過了一批批倒霉鬼

立刻把銬鐐派上用場
瑯瑯鐺鐺地到處響
儘管小民家家户户更驚惶悲慘　　（曹開手稿）

1979年12月在台灣高雄發生了一場遭到暴力鎮壓的民主運動——美麗島事件（又稱高雄事件、高雄暴力事件叛亂案），此事件對今天的台灣政治、甚至台灣民主運動的發展，扮演著相當重要程度的角色。事實上自1970年代以後，到美麗島事件發生之前，台灣的黨外運動已經蘊釀一段時間，從早期的辦雜誌（如雷震的《自由中國》等）到透過選舉的機制，開始進一步的串聯和組織工作，當時由非國民黨的候選人康寧祥、張春男、黃天福、姚嘉文，及呂秀蓮等人，在選舉期間以黃信介、林義雄和施明德爲中心，成立「台灣黨外人士助選團」，作爲共同的選舉後援組織，他們不但舉辦各種座談會、記者招待會，也正式發表共同的政見。1979年5月中，黃信介申請創辦一個新的雜誌，6月2日《美麗島》雜誌社就在台北正式掛牌成立。《美麗島》雜誌的知名度在當時相當高，1979年11月發行量已經超過8萬冊。

11月20日，「美麗島政團」在臺中舉辦「美麗島之夜」，會中籌劃在世界人權日當天要在高雄發起遊行，而這時《美麗島》雜誌在高雄的服務處已經兩次遭人砸毀，黃信介本人的住宅也遭到攻擊，情況相當緊張。1979年12月10日是世界人權日，由於「台灣人權委員會」申請的集會一直未獲批准，在多次的嘗試失敗後，黨外人士仍決定依原定計畫在高雄舉行遊行。12月9日，國民黨政府以將舉行演習爲由，宣佈將在次日

禁止任何示威遊行活動，其實主要針對的就是遊行活動；當日，兩名《美麗島》的義工姚國建和邱勝雄，在發傳單告示隔日的活動時被警察逮捕，並遭到毆打、刑求，《美麗島》工作人員在得知消息後立即前往警察局要求放人，一直到次日凌晨兩人才被釋放。這次的「鼓山事件」引起公憤，一些原本並未計畫參加遊行的黨外人士，反倒前往高雄，準備要參加次日的遊行。12月10日晚上6時，遊行隊伍出發，但同時當局已經出動鎮暴部隊；晚上8時30分左右，鎮暴警察在遊行現場開始噴射催淚藥劑，於是現場失去控制，爆發了嚴重衝突，到了10時左右警方增派警力，雙方又進一步發生了更大規模的衝突；12月13日清晨6點，軍警情治人員展開全島同步的大逮捕，政府也開始陸續追捕黨外人士。

1980年2月20日，警總軍法處以叛亂罪將黃信介、施明德、張俊宏、姚嘉文、林義雄、陳菊、呂秀蓮、林弘宣等人起訴，其他30多人則在一般法庭遭到起訴。在張德銘、陳繼盛等人的協助下，被告方開始聘請辯護律師，最後組成了一個15人的律師團，每名被告有兩名律師協助辯護；最後判決結果，8人全部有罪，施明德被判無期徒刑、黃信介14年有期徒刑，其餘6人則被判處12年有期徒刑。

1972年之後，曹開遷居高雄市以經營電器、五金業爲生，1979年美麗島事件發生時他也在高雄，身爲白色恐怖的受害者，又再次目睹極權統治者利用公權力傷害手無寸鐵的小百姓，讓他感觸尤深；在他心目中，國民黨在台灣並沒有實踐正義與公理，他們是「殖民」而非「統治」。

## (二)自由的可貴──落葉、雁與漂鳥

由於在獄中僅能看到有限的景物,即使外役到海邊勞動,也罕見人煙,一般人在日常生活中可接觸到人群和食衣住行的多元,但這些對囚犯來說都是陌生,因此曹開寫作了一系列有關落葉、鳥、雁等主題有限的獄中詩,以緬懷自由、縉懷獄中的悲苦,例如〈深秋〉:

(上略)
鐵窗外的飄葉　歇斯底里的疾馳
它們欲化做自由之鳥騰空飛翔
可是啊　狂風將它們趕回　且獄牆把路阻擋
明天它們將墮墜於濘潭　歸泥而死亡
(中略)

環顧四周　那被改變模樣的樹木
光禿卻顯得更加肅殺不忍睹
彎身伸過獄牆的枝柯
竟被砍掉了手臂
傷痕纍纍戰慄著
因感到意外的遭遇而深深激動　　(曹開手稿)

監獄裡臨窗種有樹木,蕭瑟的秋天裡,鐵窗外的落葉毫不戀棧的離開,想要飛越獄牆去遨遊,恰似囚犯想離開牢籠,但落葉卻被狂風阻擋,只能在高牆的角落旁啜泣,而後歸於泥濘、回歸大地。至於無法動彈的樹幹,僅只是想彎腰用光禿的

枝枒悄悄身過獄牆，稍稍體會自由的滋味，卻都被獄卒砍斷了手臂，曹開見到這意外的情景因而「深深激動」。

我們也可以說，落葉在此詩中代表著離開監獄的囚犯，雖然已經出獄，卻無法適應外界的生活，加上大環境仍是充滿肅殺的緊張氣氛，沒有眞正的自由存在，因此就如同仍被高牆阻擋在監獄中一樣，在生活的恐怖泥沼中掙扎而亡，而樹幹、枝枒就如同仍被監禁獄中的囚犯，在這哀戚的季節中，連想飛出獄外的想像，都被現實砍殺而傷痕纍纍。再看〈抖落的黃葉〉：

片片的黃葉飛過獄牆
飄落到我的腳邊
我問它們爲什麼
要從樹枝上墜脫？

它們說要我告訴牢中的詩人
要是爲它們的凋零
而傷心流淚哀悼
那才是多麼可笑

因抖落枯死的樹葉
如果不交給塵埃
化做泥土裡肥沃的養分
叫誰來滋潤綠色的新生　　（曹開手稿）

臨窗樹木的黃葉掉落後，由窗外飄落入囚室內與曹開對話，請曹開轉達給獄中的詩人（曹開此詩中化身爲一般未寫詩的囚犯），不必爲它們的凋零感傷或流淚哀悼，因爲枯死的樹葉正可以化爲塵埃，提供給大地養分，從而滋潤樹木的綠葉、讓樹木長高。思想犯、政治犯們在當時因提出爲了國家長治久安的想法而被捕，但這些理念已經存在人民、歷史的心中醞釀，等待實踐民主的時機到來。志士殞落、被捕就像黃葉掉落的過程，雖然枯萎卻能化爲養分，滋潤人民、讓國家茁壯。

此外，曹開也以樹葉、果實來形容威權及奉承威權的人，看〈樹葉變黑〉：

（上略）
週遭多陰暗，我又受盡了寒凍
觸目是恐怖歲月的一片蕭索！

可是歌頌的收獲恰好是相反
推崇膨脹著的是累累豐收的惡果
滿載著青春淫蕩孕育的果實
有如懷胎的蛇蝎寡婦，大腹便便

這在人看來，只能成無父孤兒乖異的鬼胎
卻有謊謬歡娛亂給與款待
連小鳥也妄自的歌唱讚頌
聲調那麼輕佻，使樹葉全變灰暗　　（曹開手稿）

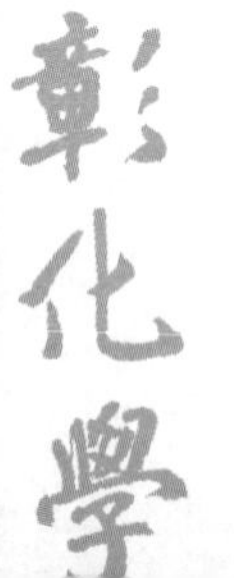

被捕入獄的思想犯，因爲敢言所當言而入獄，在陰暗囚籠中受盡了寒凍、恐怖、蕭索，但屈從而奉承威權的人，就像輕佻的小鳥般唱出謊謬的讚頌、娛亂，而收穫了累累如懷胎蛇蝎的果實，讓原本以翠綠顏色象徵美好、朝氣、自由的樹葉，全部變成黑暗。曹開在詩中點出了另一個觀點，就是這些一時的施捨、甜頭是「惡果」，造果者終會受到惡報。

雁、鳥在曹開詩中也出現了許多意象，先看〈漂鳥〉：

那天你悄悄飛到獄窗停息
猝然驚駭！使你不敢再停留
不知你來自天的那方，或地的那角
（中略）

銬鐐縲繩，把你嚇跑
好像要將你的倩影繞緊
因爲風光不能與獄景分庭抗禮
刑法禁絕，你枉然飛度萬重的山巔
小鳥啊，不如到更廣闊的湖海投影
我囚徒無能的祈盼著
卻不希望你飛回——　　（曹開手稿）

不知從何處飛來，悄悄在鐵窗旁歇息的鳥，像是要前來探望囚徒，卻被刑法禁絕、被銬鐐縲繩和獄中的情景嚇跑；曹開雖然喜歡這個「朋友」，潛意識裡（無能的祈盼著）也希望牠到廣闊的湖海遨翔，且在湖海投影後，再飛回來與他分享自由

的喜樂，但現實上卻寧願牠不要再飛回來，以免遭械獄。「不知你來自天的那方，或地的那角」，此「不知」對應了曹開不知自己爲何被囚（不應被囚）的心態。另外，能夠獨立自主在天空遨翔，對曹開來說是個遙不可及的夢想，因此「鳥」完全的投射了他的企盼，而詩題「漂鳥」中的「漂」字，更襯托了亡命獄中的浪子心情。

前段曾分析過曹開在獄中能件之物、景極爲有限，所以即使只看到一隻鳥、一片葉的來去，便會衍生出情意而成詩，且數量不少，由此可推測出獄中之寂寥。

而有關雁的描寫，曹開則以〈旅雁〉中讓囚犯無法入睡的「悠揚哀怨的叫聲」，及〈鴻雁〉中雁在天空飛翔的「數字方陣」形狀，來比喻獄中囚犯所面對的「宛如難解的／人間數理試卷組合排列」。類似的詩如〈雁兒從火燒島上飛過〉：

雁兒在火燒島的上空
鳴叫著御駕風雲飛翔
飛逝　飛逝　不知飛到那兒去
想起被放逐漂泊的人
怎不教人唏噓嘆息

想升騰萬里，跟著雁流浪
但要從下而上究竟沒有力量
恨不得飛來一座魔毯
便可騰雲駕霧升上天

回顧家破妻離子散
流落在天涯海角各一方
風霜難道不使人奔波難受
只因得罪權貴，並非不愛惜幸福　　（曹開手稿）

曹開見雁於火燒島上空鳴叫、飛翔，後不知其何所往，因此又想起漂泊異鄉的痛苦，同時也亟想與雁一同騰雲升天。詩末他點出了囚犯們並非是不惜福的人，是因得罪威權而致入獄，致使家破人亡、妻離子散。除了「景物」之外，「聲音」也會讓曹開有不同的領略，如前段所提到〈旅雁〉一詩：

旅雁，你不斷地叫啊叫啊
使我心懷多麼傷痛
在火燒島危巖上的淒涼月夜
在鬼門關落寞的夜晚
（中略）

你那悠揚哀怨的叫聲
悄悄飄到獄域傳入牢房中
擾得囚犯懷念故鄉，記掛親人而無法入眠
做夢也難安寧

孤雁啊！你是這孤島上的過客
無須辭別任何人
既然流落天涯

何苦要慘叫到天明

你這樣慘叫
只能使流浪漢更爲悲傷
而別人叫慣了
就會像聽唱一樣，怎會關心！　　（曹開手稿）

雁兒在淒涼月夜獨自於島上盤旋鳴叫，慘叫聲惹得囚犯思鄉、懷親而無法入睡，就算睡著了，所做的夢也不會安穩；曹開認爲，既然是流落天涯的過客，就無須以悲鳴來辭別，讓同是流浪的囚犯更爲傷心。「慘叫」在此有雙重的指涉，因曹開在許多作品中描寫過夜晚獄中被刑求、呼號的慘狀，因此他鼓勵獄友，更要求自己不要一直耽溺在刑求的痛楚、喊叫中，而應調整心態來因應，否則不斷的怨天尤人，反會失去了曾經欲實踐理想的焦點。再看〈給獄天鳥〉：

（上略）
我知道你的聲音，好像要喚我回歸森林
那兒有被搗散的舊巢
縱然你想匯集大海於你的歌喉之中
把音響化爲希望的話語
（中略）

啊，獄井的天鳥，桎梏不許我動彈
縱使你肩膀披滿星月

縱使你把你的聲音逼近眞理的叫喊
獄中錮禁我的銹鏈更覺冷冷　　（曹開手稿）

鳥兒每天都飛到鐵窗旁歌唱，但囚犯傾聽了卻更爲悲傷，因爲被禁錮的身軀無法隨之飛往自由世界，連想要回去看看被搗散的舊巢（老家）也不可能。更殘酷的是，即使鳥兒努力將聲音逼近眞理的叫喊，卻只是讓囚徒更感覺到銹鍊的冰冷，因爲眞理實際上並不存在於獄中。「獄天鳥」是曹開所賦予鳥的名字，「天」字則代表了在「獄井」中的囚犯對於自由的渴望。看到老鷹飛翔，則是讓曹開心生希望、感動，看〈怎能頹喪〉：

飛鷹像一道靈威
從獄井掠過
守望著暗淡的鐵窗
我驚駭於不幸中
這突兀的　奇景

被禁錮在絕望的黑牢中
想不到仍可享受
俱有速度的外界動物
患難中的同伴啊！
不要頹喪
不屈的靈魂
是不被強暴所制伏　　（曹開手稿）

被禁錮在絕望的處所，能夠看到飛鷹高速掠過，曹開認爲那是「靈威」與「奇景」，尤其是身處不幸的黑牢中，還能看到這樣有速度、威猛的動物，心中油然生出感動，並以此與獄中同伴共勉，要讓靈魂如鷹般不屈、不頹喪，不被強暴所制伏。

曹開也藉「籠鳥」來訴說自己被囚的想法，我們看〈籠鳥與詩人〉：

詩人對鳥兒說：
「爲你的被囚禁
我感到難過與憐憫
寄與無限的同情」

籠鳥兒反問獄中的詩人：
「人類爭取自由
不也多惹來患難
本身無法解放，何來關心我們？」　　（曹開手稿）

詩人關心籠鳥，並寄予無限的憐憫與同情，但籠鳥反問詩人，連爭取自己應有的自由而被囚後，都沒辦法解脫了，何必再來關心鳥兒？鳥兒是被人類抓補後入籠，但思想犯卻是爭取應有的權力而被同爲人類的威權逮捕，「同類相殘」的詭異更增添了悲劇性。藉著與籠鳥對談，曹開更深一層的表現了思想犯內心比籠鳥還要苦，也知道被釋放的可能性比籠鳥還難。

出獄在即的曹開，也以「籠鳥」來譬喻自己惶恐不安的心

情。看「釋回的籠鳥」：

久久被錮禁在樊籠裡
一旦被釋回
好像她不再屬於
大自然原野的自由飛禽

她要回去
想歸故里了
但無力鼓起想飛的雙翼　　（曹開手稿）

被關了十年之後，終於要離開監獄，但隨之而顧慮擔憂的，是質疑自己是否可以適應獄外的生活。動物收容單位裡的動物要被野放前，專家們一定會設想野外的狀況，以培養、訓練動物覓食和適應外界生活的能力，即便如此，被豢養過的動物放生後仍未必能適應現實而致死亡。在監獄受刑數十年的思想犯，有許多人入獄前是學生，獄中除了苦役、刑求、研讀思想教材之外，沒有培養任何的技術能力，即使入獄前曾經工作過而想重操舊業，當局的繼續監視、外界的異樣眼光，也會讓一切的想法破滅，因此曹開形容自己是久被錮禁在樊籠裡的鳥，即使被釋放，也無力再鼓起雙翼，甚至連腳都早被關軟了，而那好不容易盼來的「釋放」，反而讓心情仍忐忑不安，因為即使出獄了，現實上仍是「被囚」，沒有眞正的被釋放，對前途、未來的惶然心情，就如曹開在詩中所寫下的句子：「希望的燈光隱隱明滅」。

### （三）牢獄生活的刻痕

曹開曾經在作品中提到，要每天寫一首詩，以文學來抵抗威權的桎梏，因此他記實了許多牢獄的場景，透過這些作品，我們可以更身歷其境的體會獄中生活，以及被刑求的思想犯在肉體、精神上的苦痛。

先看當時的監獄所在地——〈火燒島上〉：

火燒島
眞名符其實
塩霧飛騰
海風如刀刮
荒蕪的季節
草木枯萎
島上丘陵光禿禿

夏日熱潮湧來
魔島像煮熱的沙茶鍋
避暑的鳥兒
都躲入巖洞裡
只見岸邊扛石頭的囚役
像黑牛汗流浹背喘呼呼

一座巉崖坐鎮在
海濱的通道旁
囚犯們稱之謂「鬼門關」

打從此進去
囚役們運搬老虎石礁岩
築高高的圍牆
圍繞海灘，砌成一片獄城
（中略）

拾遺，剛剛被浪沖上
沙灘的貝殼
想起荒沙中無名的骸骨
捧在手裡看來
一如人間的患難
淚水像濺浪，濕透了雲霞

唉！作詩表達了甚麼感情
空洞的作品
怎能救濟苦難的人群
誰能發揚正義的精神
好像那遠方冒難的小舟
何能勸動那刻薄的大海寬仁
孤島啊，孤島
烈日紅通通，風翻沙塵
只能見，眼看著生靈塗炭
俠士紛紛飄零　　（曹開手稿）

火燒島上鹽霧飛騰、風如刀刮，荒蕪的季節裡，光禿的丘

陵，更增添了淒涼的氣氛。囚犯時常要外役勞動，到海邊敲礁岩、搬運岩塊，像牛隻一樣汗流浹背，將之辛苦馱運入他們稱「鬼門關」的海濱通道，再非常諷刺的再築起一道圍繞海灘的高聳圍牆，砌成將自己牢密桎於其中的獄城；海邊的貝殼，則讓曹開想到已犧牲志士的駭骨。在這樣讓人精神煎熬、無法抽身而出的場景中，曹開也不禁懷疑自己作詩不能救濟苦難、發揚正義，會不會就像小舟無能勸動遼闊的大海般，只能無奈的在風翻沙塵中見到俠士們紛紛飄零。

曹開對於監獄囚房的空間與生佸，也有著詳細的描述，看〈囚窟〉：

囚禁密封的生活如籠中鳥
　難過的日子特別長
黝黑慘淡燈光矇矓
　晝夜與四季無法分辨

天熱人氣相煎
　紛紛冒氣似蒸籠
擠擠並肩刑血混汗漿
　酷似沙丁魚罐頭

日夜不能不親暱的愛人
　是臭味溢盈的糞桶
衣食住行，世界中這裡最簡便
　皆聚集於方寸之地

人同腐屍橫陳
　蒼蠅在上面成群咀啃
蚊蟲肆虐，似敵機大空襲
　整晚無奈的鼓掌不停

餓鼠非但與同爭食
　不飽還噬指留傷
蟑螂來吮
　不得不與牠跳探戈

夜半囚徒刑痛呻吟
　像貝德芬的安魂曲
銬鏈的恐怖尖銳聲
　像莫札德的變奏魔音

時間獄卒狂吼
　黎明前死囚壯烈的口號與呼喚
置身於此境，欲求隨遇而安
　除非讓囚魂，從鐵窗遠飄神遊
遠到九天雲宵隱循……　　（曹開手稿）

又有一首〈牲畜囚涯〉：

在一處與獸棚同糟的囚獄
威權展示他的災禍雄姿

且提供如同牲畜飲食的桶槽
供囚犯用餐添腹充飢
（下略）　　（曹開手稿）

除上述兩詩外，再藉由曹開所寫的一系列獄中景況詩，如〈回憶〉、〈訣別　之一〉、〈藍衣囚犯〉、〈亂世拾錦〉等等，綜合其中描述，可分別就光線、通風、廁所、衛生環境、聲音等列出當時的監獄生活的囚室景況表：

| | | |
|---|---|---|
| 1 | 用餐 | ·以如同牲畜飲食的桶槽，供囚犯充飢 |
| 2 | 衣服 | ·藍色囚服，並記有囚號 |
| 3 | 牆壁 | ·獄間光裸，空徒四壁 |
| 4 | 空間 | ·人擠人，狹窄似沙丁魚罐頭 |
| 5 | 廁所 | ·僅能使用臭味溢盈的糞桶 |
| 6 | 通風 | ·天氣悶熱，人氣相煎，冒氣似蒸籠，且汗水內還混著被刑求後所留下的血漬 |
| 7 | 光線 | ·燈光慘淡，晝夜與四季在室均內無法分辨 |
| 8 | 聲音 | ·夜半囚徒仍被繼續刑求，痛苦呻吟<br>·銬鏈相碰的恐怖尖銳聲響<br>·黎明前獄卒點叫囚號與名字，準備槍決<br>·執行死刑前，死囚壯烈的口號與呼嘯 |
| 9 | 睡覺 | ·蚊蟲肆虐，似敵機大空襲，無法熟睡，需不斷以掌拍驅之<br>·被手銬腳鐐束縛身體，連睡覺時也不能解開 |

| 10 | 其他情景 | ‧人同腐屍橫陳，蒼蠅在上面成群咀啃<br>‧餓鼠與囚犯同爭食，還噬指留傷<br>‧蟑螂來吮，不得不隨之起舞，拍打驅趕 |
|---|---|---|



根據這些硬體及環境描述，當時火燒島不重視人權的程度，可由此得知，尤其是在用餐方面，爲了讓囚犯尊嚴盡喪，藉以方便管理、展現威權的高高在上的姿態，竟然以牲畜飲食的桶槽「餵食」囚犯，實是可惡至極。身處如此環境，極難讓身心欲求隨遇而安，所以曹開特別提到，只有用「神遊」的方式，才可能讓囚魂漂出鐵窗，遠到九天雲宵隱循。

當年火燒島監獄爲控制行動及管理方便，囚犯每日均需與手銬腳鐐爲伍。監獄的牢籠是大型的監獄，而手銬跟腳鐐便可說是小型的監獄了。曹開在〈創痛的呻吟〉中寫到：

（上略）
鐵銬　深沉的鏡面
反射著串串連鎖的獄鍊
有如黑楊暗柳的影子，那兒神哭鬼泣
做夢嗎　絕非「此其時」　　（曹開手稿）

沉重的鐵鍊，在深沉的夜裡，透過月光反射後，映照出來的是更多連鎖的獄鍊，和受刑人哭泣的面容、揮不去的噩夢。

另外，曹開在〈一條獄鏈〉中運用誇飾法，將監獄中的鐵鍊，比喻成漫長且牢固的萬里長城：

一條獄鏈像萬里長龍
盤繞在古老的罪邦上
寒冬冰雪的白被，把它包
包沉沉入睡甜眠

它夢見無數牢域
遠遠在東方的國度
坐鎮在孤荒的島嶼上
世人爲它默默悲傷　　（曹開手稿）

殖民者來自「古老的罪邦」，長長的獄鍊，則有如萬里長城般盤繞在這個文化已經被曲解、變質、失去成長動力、失去自我反省能力的罪邦之上，而獄鍊連同罪邦（威權者）被冬雪包覆，酣然沈睡。獄鏈只是個工具，沒有箝制囚犯的主動性，只能任由威權者使用，因此曹開在作品中對於獄鍊非常諒解，即使偶有抱怨，最後也都能以同理心來看待、體諒獄鍊的「工作」。「東方國度」、「孤荒的島嶼」指的是台灣或綠島，「無數牢獄」則象徵有無數的思想犯被威權所監禁。獄鍊的夢雖然是中性的，沒有任何偏袒或批判，但這個夢裡所陳述的淡淡憂傷，反而特別令人感到心痛。

藉著鐵鍊來控訴恨與罪刑的詩，則如〈鐵蛇盤旋〉：

到底是鐵鏈眷戀人間
還是人間眷戀著鐵鏈？
到底是鐵鏈愛綑絆自由

還是自由對鐵鏈有孽緣？

好像千萬年代相隨吐露著恨底光芒
只要有罪刑的地方
爲什麼鐵鏈就像無數鐵蛇　　（曹開手稿）

獄中所見處處皆是鐵鍊，讓曹開懷疑人與鐵鍊是否相互眷戀，而鐵鍊與自由又像是愛情或孽緣般的癡纏。這樣的懷疑其實是在「控訴」，但非針對鐵鍊，而是控訴著千百年來人類相互殘害的「恨」，是厭惡著被誣加的罪刑，和因之糾緊在被害者肉體和精神上的無數鐵蛇。

有時曹開也會轉變心情，以諷刺的方式來看待「銹鍊」這座小型監獄。他認爲鐵銹的處境是和他相同的，因爲它們跟他一起被侷限在這大型監獄裡，也極度不自由。在〈鐵銹與囚犯〉中，曹開讓鐵銹與囚犯對話起來：

鐵銹要禁錮囚犯
逞兇以前
悄悄地，對囚犯說：
「你的不自由
屬於我的
我們是難兄難弟
應同並相憐」
於是，當夜深人靜
囚犯詠一首詩誌盟；

「寒獄鐵銬伴囚眠
鐵銬冰冰漸溫暖
囚問鐵銬何姻緣
鐵銬問囚誰無情」　　（曹開手稿）

在無計可施之下，曹開從「零」出發以轉變心情，將自己與鐵銬視同對等，認爲鐵銬鎖住人，其實也等於人束縛了鐵銬，所以雙方都不自由，而鐵銬更會主動向囚犯悄悄交心，要同病相憐的一起當「難兄難弟」，而且鐵銬也提醒了曹開重點：「誰無情」。他在〈給鐵銬〉中更戲謔地寫到：

鐵銬阿
我們清醒時
彼此是廝殺的敵人

夢中卻發現
我們彼此
如此這般地親密　　（曹開手稿）

在意識清醒時，限制自由的手銬便是相互廝殺的敵人，但在夢中，或者失去鬥志之時，手銬卻又像和最自己最親密的愛人；萬般無奈之下，曹開只得將心情如此的轉換，而這樣的豁達，也讓自己與鐵銬有了相互依存的溫馨感。

在獄中，最讓人們不寒而慄的是逼供與刑求，威權者爲了讓這些思想犯承認沒有犯下的罪行，便會使用屈打成招的卑劣

手段，此外他們更時常運用心理戰術，讓思想犯供出其他無辜者來加以迫害。此外，爲了讓殺雞儆猴的效果加強，這些殘忍且完全不仁道的刑求通常在夜裡執行，讓被刑者的哀叫、呻吟聲傳入鐵窗內其他受刑人的耳裡，以達到威嚇與警告的目的。曹開有首以手銬、腳鐐爲主體的作品〈孽緣〉：

當我被吊銬懸空擺搖
手銬在上面飛舞飄飄
不久昏暈過去，不省人事
這時彷彿，夢見了你
纏綿的手銬說
願與我化作
天上的比翼鳥

旋即我又被灌水
在朦朧中，好像太平洋漲潮
淡水河倒灌，腦海一片渾茫
夢見腳鐐也來向我親
緊緊摟抱著我說
願與我化作比目魚
相伴遨遊在水波中

冥冥中我好像對鐐銬說
即使你們禁錮我，縱是孽緣
願上帝也保佑你們

如果他們眞的愛我
祈願祂千萬倍的祝福你們　　（曹開手稿）

每天與手銬、腳鐐爲伍，在被刑求時更要與吊銬綁在一起，無法逃離，於是曹開調整自己的心態，將之視爲不得不的「孽緣」，於是在被吊懸、灌水因而昏厥之後，他彷彿就能聽見手銬、腳鐐的安慰；同時，曹開也爲它們祈願，希望上帝能給這些被威權利用的工具們祝福。再看〈灌水逼供〉：

接受灌水拷問後
我寫給一首詩給汪洋：

「我探悉你的內涵
那處，你大海虛僞的肚量
當你把溢滿的髒水
倒灌河川的咽喉淹息……
終於看到了
你廣爲縮小的狹心腸」　　（曹開手稿）

被灌水逼供後，曹開爲迫害者寫下這首相當諷刺的詩。威權有如大海，原該包容、處理百姓如河川般匯流的需求與意見，而它卻度量狹小的卻反而將自身的髒水倒灌到河川中，由此可看出威權的虛僞與狹隘。另外，他在〈刑供拷打——一個受刑犯的自述〉中有著令人鼻酸的描寫：

我幾番地被拷打
當是被投入十八層地獄下
咬緊牙關，不久暈過去
不省人事，不知痛苦
不再喊爹叫娘

當被潑冷水澆醒
全身抽搐，很快地陷入
間歇性顫抖的旋渦
經過一段掙扎，又迷迷昏昏
進入渺茫的境界

在朦朧中
不由我，又呻吟了一會
暗自思量；我已屎瀉尿流，屁股開花
早破膽，胡言亂語，無据也招供連篇
——因爲我從未有過受酷刑的經驗

如今受各種拷刑一再被重打
神經失去痛覺反而麻木不仁
結果恐怖無翼而飛散，
何其僥倖，就這樣慶幸自己不再亂供
把生死置之度外，不被暴力所懾服

罷，冤家也，既然視我爲死敵

捨不得不刑求，
不如更殘苛地重重刑拷我，
好讓我身心盡碎，夢魂模糊
而因此，永遠守潔如玉，風骨肅清高　　（曹開手稿）

此詩完整描述了被刑求者內心境界的轉換。陳英泰在《回憶：見證白色恐怖（上、下）》一書中對於當年的拷打表示說：「國民黨問案中用盡人類所能想到的最殘忍的老虎凳、電流、吊在半空打、強光照射、不讓睡覺等等不一而足的酷刑刑求，使人陷於生不如死之境，最後不得不照其劇本全盤承認。」[10]曹開所描述當時遭到刑求的過程，映證了這樣的說法。但當他被打得死去活來，痛到昏死過去時，內心反而升起安慰之感，因爲這樣就再也刑求不出任何內容，更不會在胡言亂語中牽連他人，甚至當他受到太多酷刑、痛到肉體已麻木不仁時，反而可以把生死置之度外，不被暴力所懾服，更因此感到自己的清白與高風亮節。他的另一首〈摑打〉刑求詩，也透露出這樣的情操：

（上略）
儘管將我的嘴巴
摑得歪斜
擊成抽搐，變成麻痺的啞默
從拷刑中打碎發音的嗓子

10陳英泰著，《回憶：見證白色恐怖（上、下）》，台北市：唐山，2005年，頁220。

但我的心靈，不屈的精神
仍長出新的聲帶
與不可抗拒的舌劍唇槍
把語言自由的操戈
當牢籠給與天鳥做巢穴
激憤的心，絕不忘卻了歌唱

自由的眞理
坐過暗牢
經過刑罰的洗禮
從錯誤的虐待
鞭韃得成爲更崇高　　（曹開手稿）

威權者用盡各種方式刑求思想犯，而雖然摑打會讓嘴巴歪斜、抽搐，嗓子也瘖啞了，但受難者心靈裡仍會長出新的聲帶，繼續與威權唇槍舌戰，且不放棄歌唱。

火燒島獄中除拷打以外，還有極爲可怖的灌水極刑，面對這種種的身體凌虐，我們皆可以看到曹開以高操的精神、毅力來克服、反制，讓自己不受屈服。

### （四）黑暗與光明的判分

曹開的獄中詩裡，有著許多他對於黑暗恐懼的描寫。在火燒島監獄的狹小逼仄空間，與暗無天日的酷刑，可讓人知曉「黑暗」的程度，另外我們也可以想像到，在島上的黑夜總令囚徒感覺特別的漫長、難熬。但在曹開的作品中，他還有著另

外所要表達的情緒，那就是威權者利用光明未到之際，爲滿足淫慾而在黑夜大開殺戒的情景。曹開〈環伺〉一詩，描述的正是這樣如影隨形的黑暗恐懼。

更深夜靜的時刻
　已經悄悄地來臨
純良貞潔的意念，早已恬適的睡眠
　俱已沉寂，安寧

每顆悦目的星辰
吹熄了明燈，也闔攏了眼睛
此時，淫慾和殺機卻蘇醒
正是豺狼襲擊羔羊的良辰　　（曹開手稿）

儘管黑暗中危機四伏，但意志力堅強的曹開還是有克服的辦法，他以螢火蟲自喻，雖然只能發出微小的光源，卻是眞理、正義的所在。在〈光明的面龐〉裡，他寫道：

我們是被關禁在
鐵罐裡的螢火蟲
我們像星星連動也不動
久久彼此相望
懷著災難的苦痛

我們閃爍著一種沈默的語言

這樣晶亮，這樣奧妙
相信所有的語言學者
希望了解我們這口氣寒光

但願生命點燃的燈火
永久不會被熄滅遺忘
我們供人使用的字眼
就是至愛光明的血紅面龐　　（曹開手稿）



曹開形容思想犯就像被關在鐵罐裡的螢火蟲，雖然無法向外界說出自己的理想與苦痛，在獄中也無法暢所欲言，但是每個獄友內心的正義跟眞理，就像一種沈默的語言般，不需聲音與話語，只要思想光華閃躍，就能夠彼此互動。另外一首〈螢火蟲的幽默〉，描述螢火蟲光源雖小，卻有雄大的志氣：

「誰來繼承我
照亮那暗淡的鐵窗呢？」
一顆殞落的孤星
到處詢問

「我願盡我所能
盤旋在獄中，鐵柵間
放射光芒，關照患難的囚犯」
螢火蟲幽默地說　　（曹開手稿）

思想犯實在是無比的孤單，在光線不足的獄中只有一方小小的鐵窗向外，連白日都光線不足，更何況是夜晚。「孤星」是獄外（不得不）越來越少的關心，而曹開戲謔的寫道，小小的螢火蟲自願觀照患難的囚犯，但我們可以想見，其實只要有一點光明在單調苦悶的獄中出現，那怕是螢火蟲般亮度般的光線（關心），都會讓囚犯感到溫馨。此詩以「幽默」爲題，略爲嘲諷那小小的螢火蟲，竟敢誇口想擔任天星的接班人，乍聽之下好像是不自量力，但其實這正是曹開自己特有的一套「螢火蟲哲學」，用以潛心等待，並迎接光明的未來。在〈金星與螢火蟲〉中，他說：

金星對在獄牆下的螢火蟲說
「你的光太渺小
專家說你總有一天
會被暴風雨吹打而熄滅」

螢火蟲微笑著回答；
「但我並不擔憂，
因到那時候，我的生命已繁殖
再產生更多的”眞理之燈”」　　（曹開手稿）

威權者嘲笑著被囚禁、如螢火蟲般的思想犯，光芒渺小到隨時會熄滅，但螢火蟲釋懷、自信的認爲，理想終會讓外界所瞭解，人民將會聚集微小的光芒，來照亮整個國家。詩中的重點便是小小螢火蟲自信的原因——「生命已繁殖，再產生更多

的『眞理之燈』」。我們再與另一首〈囚詩的火燄〉一起比較，便更能夠體會曹開「生命已延續，眞理將再生」的意涵：

我的心被囚詩的火燄點燃
它御天風，而無限蔓延
飛舞著鮮紅的翅膀
揮動閃電之劍
把魔鬼和桎梏劈光

靜默之星辰，映射宇宙之光
它牢牢把黑暗監視
清醒的正氣從四面湧來
在夜的心中
舒展著鮮紅的花瓣　　（曹開手稿）

在曹開獄中詩常見到「天風」一詞，如〈等待，迎接〉中最後他說到：「我們期待著，準備著迎接／未知的，意想不到的奇跡／盼望淒暗的鐵窗／忽然慧星出現，天風來訪」，在〈信念〉一作裡，他也寫到：「哦，此處沒有微亮，只有吶喊／面對不義的桎梏，因飽經恐懼而變得更英勇／不再屈服於那可畏的死亡的威脅／因爲透過銅牆鐵壁，／在獄頂之上／天風將帶來遠方心跳的信息／我感到自由漸近的勝利腳步」。「天風」乃《易經》第四十四卦，上乾（天）下巽（風）其名「天風姤」；姤即逅也，意指不期而遇。從易經卦氣角度而言，天風姤蘊含革命精神，及顚覆絕對權威的思想。在此詩中，曹開

表示他的獄中詩正是要御「天風」、展高翅，揮劍劈光魔鬼和桎梏，把威權者消滅殆盡。綜合來觀曹開的螢火蟲哲學，那就是螢火蟲的光源雖小，但只要不停的書寫，作品的力量就能像火種一樣不斷的傳遞下去，並因而積聚力量，終有一天能將萬惡的威權者打倒。

### （五）死亡陰影的籠罩

爲了不漏掉任何一個可能威脅自己地位的所謂「思想左傾者」，當時的執政者用盡各種威脅利誘的手段，要把所有的思想犯槍斃或捕繫於獄內，未被槍斃的人，則又可能在判讞死刑後處死，或被逼供、刑求致死，因此在獄中信仰上帝的曹開準備好禱詩，隨時都有〈面對死亡〉的準備：

甜美的夢已領悟到善境
心靈格外的平和
既有虔誠信仰的美德
面對死亡就不會再哀傷

（中略）
爲眞理克服痛苦，是最大的勝利
經由虔誠信仰的死亡
可以通往生命之門
這些身歷的教訓現在明白了
欣喜將進入肉眼看不到的永恆

仁慈的愛，靈魂的安息
這些比財富與權位更重要
伙伴，我們揮起靈魂的火劍
遠遠地圍成一團
邁向另一個理想的世界　　（曹開手稿）



由於在獄中信奉上帝，因而在夢中領悟到平和的善境，能夠從監獄的蒼茫幻景中離開世界，「死亡」反而人覺得是福祉、永恆，因而令將死之人欣喜、快悅。詩中也提到「仁慈的愛，靈魂的安息」勝過人間一切的名利，並以此詩和獄友互勉，超越肉體的苦痛，將靈魂共圍成一個圓，邁向眞正的理想世界。「爲眞理克服痛苦，是最大的勝利」誠爲曹開面對死亡最有力的支撐。

有關曹開的宗教觀，曹開的妻子羅喜女士曾經在訪談中說到，在曹開出獄後完全沒有聽他說過有關宗教的事情，也沒聽他提過基督教，或者看到他擁有十字架等宗教物品，而且基本上感覺到曹開什麼教都不信，如傳統民間七月半的拜拜、普渡，曹開也從不理會，都是羅喜女士在張羅而已；至於曹開去世之後，也僅是用台灣一般民間的佛道教儀式來入殮[11]。我們只能推論，曹開曾在獄中信奉上帝，但出獄之後則對於任何宗教都不感興趣。

就儒家思想來說，人之死是因生命的源頭乾枯，所以孔子說「未知生，焉知死」，便是要人把握當下，「好好活著」便

11參閱本論文附錄2006年8月23日曹開妻口述歷史。

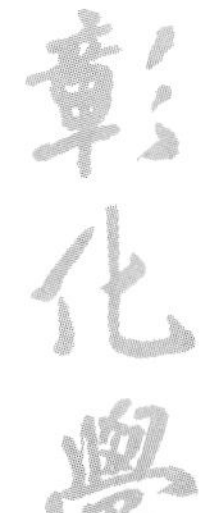

等於「生命永恆」，以此可擺脫對死亡的恐懼。老子則認爲不生，就沒有死，且生死本是自然，不須掛懷，也就是放開生死的執著，以原本的「無」來面對生命消逝的苦痛。綜觀曹開的作品，除了如此詩般藉宗教信仰來自我防衛外，在其他作品中也摻入了中國傳統的儒道思想來面對死亡，這都是因爲實在太過逼近死亡，所以終日苦梏於獄中的曹開，已經思索遍了各種解脫之道，因而呈現出來的作品深度。

〈面對死亡〉一詩是爲死亡預先做心理建設，然則在獄中親眼目睹眞實死亡的囚犯，又有什麼樣的體悟呢？看〈跨越禁圊〉：

在深獄的寂靜裏
囚房的地板上
頭頂一盞微明之牢燈
照耀的是一個已死去的病犯

最後的呼息
似在鬼秘中消隱
在夜的落寞中
微微的牢燈照耀的已是一個被錮禁
而凌虐斷氣的囚徒

在這光明失落的時刻裏
我傾聽一個不甘緘默的心
倔強而有力的跳動

一個英勇偉大的思想
暗中誘惑著他
在黑夜的死寂之中　　（曹開手稿）

寂靜的深夜，囚房上方一盞微明的燈、逐漸消隱的呼吸和屍體，構築出一幅詭異的死亡圖畫，我們清楚的感受到詩人面對死亡時，腦中所擷取出的逼真場景。

「凌虐」清楚點出獄中的最黑暗面——遭刑求逼供的事實，但堅毅的曹開在這光明失落的時刻，卻以詩傾聽到死囚那顆不甘於就此緘默的心，仍「倔強而有力的跳動」。詩末，已死的囚犯彷彿被偉大的思想所感召一般，委身投向黑夜的死寂，這部分此則呼應了曹開在數學詩中一貫闡述的「歸零而後重生」之理念。眞實見到死亡卻能如此冷靜面對，並由其中得到動力，我們不得不佩服曹開的勇氣，也更深入的體會到思想犯在獄中生不如死的苦痛。

易感的曹開，在火燒島上也記錄下他覺得代表死亡意象的景物，如〈貝殼〉：

各種貝殼　相愛於沙灘
鑲嵌著火燒島的海濱
如同人類的遺骸
雖然空洞，卻各俱特徵
有枚殷紅似俠士的幽魂
它曾染色以患難者的血滴

另一枚仿效被遺棄的無名頭顱
被惡浪冲擊　撞襲危岩
裂縫像張開嘴
以嘲笑的口氣朝向蒼天
表示慍怒
（下略）　　　（曹開手稿）

曹開在島上外役勞動時見到海濱上的貝殼，感受到那像是「鑲嵌著如同人類的遺骸」，且貝殼形狀各異，正像每位各具特徵的俠客、志士；特別殷紅的一枚讓人感覺那是沾染了死難者的血液，而裂縫開口朝天的貝殼，則像顆被遺棄的、似嘲似怒的頭顱。

「面對死亡」，並不代表「只能面對死亡」而已，詩人在其中也展現了決心與豪氣，更藉此而讓心靈更為堅強，我們看〈藉由死亡〉：

我已經被押入
那些劫數的行列
我瞭解我被歸納於〔括弧〕
既未絕望，卻也無法解脫
（中略）
將賭注所有的一切
當我最後一點氣數都將輸光
將賭我全部的生命
決心藉由死亡而達到完全的勝利　　（曹開手稿）

曹開將思想的對抗以「賭注」來譬喻，但這場賭局中，作莊、訂定遊戲規則、掌握籌碼的卻全是威權。在獄中多年不得開釋，曹開眞確的認知到自己已無法解脫，因此化悲憤爲力量，在所有力氣都被威權贏走時，不執著於現實的失敗，將全部的生命押下，決心「藉由死亡而達到完全的勝利」；這個「勝利」同時也是相對於人民與威權所言的。

### （六）對執政者的抨擊

曹開在獄中詩的寫作中，已不像數學詩般以隱晦的方式表達想法，反而對威權執政者直接大力抨刺，並極盡的形容、嘲諷他們的貪婪與愚昧。先看〈龍族的囚犯〉：

我是這龍族的思想犯
他們揚威的獠牙
比機輪的鐵齒更爲可怖
比獄銬的唇槍舌劍
還要鋒利，更爲無情
且貪得無厭

我是這龍族的政治犯
像一股不自由的空氣
被呑入他的肚子裡
而他的肺部是頑固的壓縮機
把我押入密封的呼吸管內
走頭無路，在追求一個

道破爆裂的中風……　　（曹開手稿）

本詩分爲兩段，前一段以現實的器物（監獄、五金工廠的物品），形容威權的獠牙比機器的齒輪還要恐怖、鋒利，且比鐐銬更爲無情、貪得無厭。第二段則比喻自己是被吞進威權肚裡的一股空氣，在這個失去自由的密封管道內被壓縮機榨迫，雖然暫時走投無路，但他宣示自己已經蓄積足夠能量，準備好隨時爆破而出。

龍族意指移遷來台、食古不化的執政者，曹開在兩個段落開頭強調自己是「龍族的思想犯」、「龍族的政治犯」，可見他當時對於這個外來政權的厭惡。「龍」除可形象出張牙舞爪的動態外，亦指涉著只會誇耀五千年悠久文化招牌，實則卻殘暴又蠻橫無禮，只想對台灣壓榨、威迫的那群統治者。〈破敗囊尾〉中也有著赤裸的痛訴：

許多歷史專家説
如今一代偉人既已逝亡
家門一旦破敗
而人民可以斷言一通
從此以後　他的遺臭
永垂宇宙：有唾罵作隨伴
歷史將會以「昏庸的屠夫」
優待供奉

他雖以弄權始

卻終以囊尾而定
凡獨裁之所鍾
皆由高貴變下賤
身價反被人民
厭惡甚至鞭屍
他的偶像最後被捶毀無遺　　（曹開手稿）



胃腸消化器官中，有一部份稱爲「囊尾」，如果發炎嚴重或潰爛時便需切除。另外，「囊蟲病」是一種至今仍在危害一些國家居民、牲畜的人畜共通傳染病，囊尾幼蟲一旦侵入人的神經組織（主要是大腦），人類就會罹患神經囊蟲病，病情嚴重者甚至會喪命；根據醫學報告，大部分的囊蟲病患者均患有癲癇病症。曹開在此詩中應是指胃腸的「囊尾炎」，但若是指涉「囊蟲病」，其意義亦可通明。

1975蔣中正去世（曹開47歲，出獄後第16年），是此詩寫作的時間。曹開以此詩對迫害他的所謂「一代偉人」發洩情緒。他稱其爲「昏庸的屠夫」，並以遺臭、永垂宇宙、唾罵、弄權、由高貴變下賤、厭惡，甚至「鞭屍」等字眼來表現心中的憤怒，而且形容以弄權始而終無用，對身體有所危害，必須切除的囊尾，更像是宗教上的「天譴」一般，來爲這個「一代偉人」作歷史定位，由此可見被迫害者心中的痛苦，一輩子都無法平復，甚至出獄多年，知道他認爲是迫害的主謀離世後，仍憤恨難平的作出嚴厲的指控。

另外一點值得討論的是，筆者在訪談羅喜女士時，曾問到當蔣中正、蔣經國去世時，曹開是否表達過任何意見，羅喜女

士均明確表示「沒有」，而其實我們在曹開作品中，卻看到他曾憤慨激昂的寫下了這段文字紀錄，由此亦可再度證明曹開對政治迫害的恐懼陰影無法揮去，因此拒絕了彰顯自己、只肯隱忍寫詩記錄心情的推論。

對於台灣的被迫害者，曹開則有以「牛」來比喻的詩作，如〈牛墟〉：

如果你看見一隻水牛
被主人抽鞭緊緊地追趕
你會不用憐憫折磨你的心兒
你會不會讓淚水遮蔽你的兩眼
然而，牛兒早已被圍禁於牛墟
希望將隨著牠進入屠場而消失
假如我們被殖民
跟牠一樣，末日終究要來到
在哭泣中有什麼可以尋求
求饒中能得到甚麼恩赦
不，我寧願像一個航海者
同風暴比一比力量
把最後的勝負交給戰斗
我不願掙扎著被拷上奴隸的鐐銬
悲哀的計算著身上
刑拷的傷口　　（曹開手稿）

迫害者就像牛的主人，被殖民者則是牛，主人因爲另有利

益考量的盤算，所以對牛隻沒有任何憐憫，不管牛的淚水已遮蔽兩眼，仍要繼續鞭打、折磨，將牛繼續囿禁於牛墟，並擇日送進屠宰場，牛卻只能無力的等待末日到來。詩的後段，曹開點名哭泣、求饒的無用，不願意只當隻被戴上鐐銬、任人宰割的牛，不願每天悲哀的計算自己的傷口，寧願當個航海者與海上的風暴較量，一直奮鬥直到勝利的到來。值得注意的是，曹開在此詩中進一步形容當時掌權的是「殖民者」，可看出他明確的主權意識。

對於當時的政權，曹開以貪婪來形容、鄙夷之，且認爲往後人民不會再愚蠢的被欺騙。先看〈貪婪的惡癖〉：

當一隻老虎膽敢作惡
來滿足凌弱掠奪的慾望
牠就爆發了本性
對於後果顧不了那麼許多——

有位資財豐裕的老板自省說：
「偏叫人永遠想到缺欠
可憎的貪婪惡癖
把我們折磨無窮盡」

老虎對已取得的獵物戰利品
不會加以適當的處理
只因缺少智性，且取且棄
經過不斷的增殖浪費

終於一貧如洗，永感飢餓　　（曹開手稿）

此詩以「老虎」來形容極權統治者的殘暴與不知節制。「凌弱」是其本性，一旦膽敢行惡後，便會本性爆發、不計後果的掠奪，更會無窮盡的奴役、挖掘、壓榨戰利品，但因爲缺少統治的智慧，且不斷揮霍浪費人民的性命和資源，因此終至一貧如洗，飢餓而亡。「資財豐裕的老板」是原本富裕、知足的台灣人，曹開以「自省」的觀點，反過來檢討爲何當初人民沒有預先看出這政權的貪婪惡癖，因而導致自己被無窮盡的折磨。再看〈愚蠢的信仰〉：

你再偉大專橫
　也無法喚回盛年的威風
即使不甘心掘自己的墳墓
　將成敗陣的飛塵誰願再瞧

醜惡的臉龐
　如何能另外改造一副
就是欺騙世界重修殿堂
　誰那麼愚蠢會再信仰？　　（曹開手稿）

再偉大專橫的迫害者、掠奪者，即使不甘心，也要被世界的民主潮流所打倒，成爲揮飛的煙塵；即使虛情的美化自己醜惡的臉龐，但人民不會再愚蠢的被欺騙。詩中的「再也不會被信仰」，則點出了曹開在民主多元化發展、開放政黨成立，人

民開始有自由選擇的意識之後，仍不相信當初這個曾欺凌他的政權（政黨）。

再看〈鄙夷〉：

孩時曾見過小鳥落了羅網
無法解脫
想不到如今我陷入法網中
也跟小鳥一樣　無法逃亡

我無奈只好不抵抗
但要我情願卻是難想
這樣一串銬鐐鐵鏈
就栓得我匐匍在地上

爲了冤抑之故　不合正義
我對他們鄙夷
縱然能以暴力制伏我於死地
休想逼我永遠低聲下氣

鋼鐵強硬的手腕
在眞理的掌握中　終會成爲爛泥
我絕不奴顏婢膝
請不必專橫誇耀　用愛洗清我的冤獄
才是功德至上的正理　　（曹開手稿）

雖如鳥般落了羅網，無法起身抵抗，但曹開在意識上絕不屈從、絕不奴顏婢膝，寧願被以暴力對待而死，也要保有自己高貴的情操。曹開同時告誡這「鋼鐵強硬的手腕」，最終會被眞理握成爛泥，只有用「愛」來洗清思想犯被冤屈的罪名，才是功德，才能找回眞理。

對於當時屈從、臣服於威權的情形，曹開又有什麼樣的想法呢？來看〈詭異的歌頌〉：

歌頌不一定要有理
讚美也不一定要得體
有裂開的爛果
招徠腐蟲儀隊的奏樂

奇臭漫步於最華麗樹顚
傳播另一時代的詭異呼吸
發射毒箭喧嚷的蚊子
總得相信，有人熱烈的鼓掌　　（曹開手稿）

威權源因於對自己沒有自信、知道自己能力不足，因而以暴力相待人民，並特別喜歡聽到歌頌、讚美。曹開喻那些迷失的人爲腐蟲樂儀隊，在爛果旁圍繞，進食腐臭的思想，和當權者施捨的一丁點殘渣。威權又如發射毒箭的蚊子，在聽見掌聲後，雖然不肯定那是否眞心讚美，但在這詭異的時代中也容不得反向思考，只能嗅聞這些看似華麗，卻其實奇臭無比的空氣，來掩飾、穩定自己不安的情緒。

此外，曹開也以大自然的情景入詩，來貶斥迫害者。看〈自我讚誇〉：

在天之涯，地之角
你對我誇稱：
你的度量如大海無邊
恰似尊貴的水簇之王

可是一看啊，你的妄行和慾望
卻充滿了污黑，又患了狹心症
一片無窮盡的狂虐暴性
並非浩瀚澎湃的汪洋可比擬

你時時要倒灌大地河川
要用你的鬱血毒汁
把陸界淹息
染成渾濁骯髒

而你就是偏偏認不清
你這個偉大似海
終究也會在泥潭的肚腹裡被埋葬
你的雅量不過是一泓死水

瞧，在你自稱大海的胸懷裡
溪流河川

不願融滙暢遊
這是你唯一的致命傷
你生命的意義，當然會因此而暗淡消亡……　（曹開手稿）

威權明明狂暴、殘虐，卻偏要誇稱自己的度量和尊貴，他們自我誇讚如大海般心胸廣闊，其實卻是一泓死水，因民意如溪流河川，皆不願意融滙於斯；更可怕的是，他們甚至還挾帶武力，將毒液倒灌進大地的血脈中，殘害人民。曹開生動的描繪了當時執政者偏差的謊言，與自己對威權的不信賴感。再看〈瀑〉：

「別再擋路」　瀑對巉巖說
我的不馴的怒潮
未因阻礙而後退
相反，卻跳躍得更高

天河會頃刻滯流泯滅
而我恆永不息地暢流
覺不附和風力的吹搧
愈遭風險雄勢愈滂薄

一股股強勁的賽跑
載歌載舞每天送一份淡水
供奉給遙遠鹹澀的眾水之王
雖然改變不了他的味道

卻可做爲他清流的「提醒劑」　　（曹開手稿）

威權像巉巖，想強制阻擋河水流動，卻反而激怒了曹開以跳躍制衡、超越，不因此滯流而泯滅自己的思想，反而繼續恆永不息地暢順向前。威權有如大海，鹹澀的味道很難改變，但有志之士仍前仆後繼往前撲衝，期盼自己至少可以當一份提醒眾人的清流，引領人民起身反抗。再看〈蜘網的篩漏〉：

法網
宛如蛛網

它假裝
要捕捉星月陽光

篩漏了露珠
卻逮到倒霉的小飛蟲　　（曹開手稿）

此詩以蜘蛛諷刺當權者，而小飛蟲是渺小的自己；蜘蛛無法完成「捕捉星月陽光」（打敗共產黨）的野心，只好自以爲是的逮捕了小飛蟲來自我炫耀、滿足慾望。在同時期被補入獄的柯旗化，曾寫作過一首〈老蜘蛛〉[12]：

老蜘蛛是一流的織工

12明哲（柯旗化），《鄉土的呼喚》，台北市：笠詩刊社，1986年。

日夜紡織精巧的羅網
藏身暗處，窺伺四方
蝴蝶蜻蜓大小昆蟲
一旦落網插翅難飛
老蜘蛛是一流的殺手
見食餌落網掙扎
飛也似地撲向牠
猛咬一口注入毒液
轉眼間置之於死地
老蜘蛛是黑寡婦
無論高山或平地
無孔不入，無處不在
日夜不停地
紡織羅網捕食昆蟲

「老蜘蛛」藏身暗處，並窺伺四方、日夜不停的四處張網，要情治人員到處搜捕所謂的「思想左傾」者，並鼓勵告密，再用穿鑿附會的方式佈下更大的網、殘害更多無辜的人，也因此當時人人自危，只能暫且隱忍偷生。對於當時統治者這樣作威作福、謀捕迫害人民的情節描述，柯旗化和曹開在作品中所呈現的可說是完全相同。

此外，曹開有一首〈變相的園丁〉，可清楚描繪當時社會菁英被補的慘烈情景：

愛神本來叫你灌溉奇葩

要把惡蕪之荊刺除根
那知　你卻施肥給與莠草
而拔掉了芳香名花碧樹的幼苗

因你這一著　好比助長了歹徒
扼殺了精英
你的罪行怎好消煞
上蒼說「難道無懼於天譴懲罰」　　　（曹開手稿）



統治者原本應要以「愛」來惠施人民，但刻意逞兇的當權者，為了保住地位、便於統治，因此反而施肥給莠草（屈從者、告密者），卻拔掉名花碧樹（敢起身反抗者）的幼苗，因此曹開希望上蒼能夠對惡行者譴責、懲罰。白色恐怖當時，捕殺囚禁了台灣數以萬計的菁英份子，影響日後台灣的發展甚劇，此情景令人聞之鼻酸。

## 四、結語

曹開在〈罪的花冠〉中寫道：

採擷這思想犯的罪花
拿去插在眞理的瓶缽裡
切莫遲延　它會凋零
掉落入歷史的塵封中

趕快摘集它們吧
用你痛楚的手
趁還美豔　把它們編成花冠
來增添他們以光彩

奉獻的良辰易逝
當它們顏色鮮美，它們的香味正濃
採擷它們，且把這些花朵
編織成輝煌的冠冕　　　（曹開手稿）

同樣都爲獄中感想所寫作，一是在牢獄中構思起草的數學詩，一是在出獄後爲牢中生活描寫的獄中詩，就詩的美學而言，前者的寫作技巧純熟且具開創性，內容也富哲理，而後者的寫作淺白易懂，雖不賣弄技巧，但就歷史意義而言，曹開似乎有意以此記錄當年在獄中的歷史；曹開擔心良辰易逝，所以趁著這段歷史還記憶猶新時寫下，好爲未來編織成輝煌的冠冕。獄中詩不似口述歷史的娓娓道來，細細交代，也不像數學詩較深奧或帶有哲學思想，但就精神性而言，這些較白話的文字仍能力透紙背，有力控訴著威權體制在台灣土地留下的斑斑血淚，還顯露著被迫害者永不願屈服的勇氣和決心。

# 醫事詩：對身體與心靈的探索

## 一、曹開醫事詩的寫作動機

曹開在獄中除了研讀數學外，對於醫學典籍也相當有興趣，並時常請教同為思想犯，原籍麻豆的王醫師[1]，因此也紮下深厚的醫學基礎，並在出獄後成為他營生的技能之一。

甫出獄的曹開曾經從事菜販工作，1961年開始員林果菜市場擺攤營生，後來轉到台北中央市場設立菜行，生活相當艱苦，一直到1963年的11月間，移居彰化縣花壇鄉開設簡陋「西藥房」（即台灣人俗稱的「赤腳先」，密醫）之後，生活才獲得改善。曹開原先只賣西藥，後來也運用醫學知識替村民看病治療，而且由於他不辭勞苦，對病患極富愛心，不管是三更半夜或病患住在偏僻之處，都勤於服務，對於貧苦患者還有特別優待，不久後便聲名遠播，有越來越多的患者前來求診，生活於是逐漸穩定。曹開後來遷居南部還曾開設皮膚肛門專科診所，甚至與其他醫師合營綜合醫院，一直到1972年才轉行經商，從事醫事工作約有八、九年。

曹開將醫事詩整理成簡冊，數量約計有104首，是他對從事醫事時間的紀念。作品中大多都是由醫生的診療觀點出發，以病理分析的辭彙來描寫醫療物件，或喻指繫獄冤情和那段不

1 根據曹開妻口述，可惜姓名已無從考證。

公義的時代，並在其中貫注以悲天憫人的心緒，看盡人生的無常與無奈。特別的是，除了在絕望、痛苦之間掙扎的作品基調外，曹開在部分的醫事詩中展現了主動積極的心態，自詡身爲醫者所應肩負的責任，以及治癒患者後的喜悅，由此可見他對於醫事工作的喜愛程度。

## 二、醫師與醫詩

台灣有不少醫師喜愛寫詩，因此以詩人、醫師的雙重身份寫下篇篇動人的詩句，其中也有與醫事相關，寫醫病或生死關係的作品，如：曾貴海〈某病人〉、〈鎖匙〉，江自得〈咳嗽〉、〈從聽診器的那端〉、〈心臟移植〉、〈癌症病房〉，鄭炯明〈癬〉、〈死亡的邀請〉、〈健忘症患者〉，賴欣（賴義雄）〈醫生宣言〉、〈棺〉、〈病的臉〉，王浩威〈病案三記〉、〈心跳的眞理〉、〈把你的名字劃掉〉，陳晨（陳明進）〈憂鬱症後群〉、〈精神病患和他的醫生們〉、〈瘤〉，陳克華〈脊椎麻醉〉、〈在往赴牙醫診所途中〉、〈失眠〉，鯨向海（林志光）〈彼此的病症與痛〉、〈我們的癌，如巨蟹爬行〉，吳易澄〈截肢〉、〈舊傷──爲二二八而作〉、〈產婆阿嬤〉，吳易睿〈病中即景〉、〈哮喘〉、〈官能症群像〉……等。

醫師的科學訓練，有助於培養思考的敏銳及多方位觀察的認知特質，且能洞悉生死的關聯、死亡的眞相，並冷靜、清晰的對生命現象進行探索，而「醫病」、「救人」的工作性質，則會培養他們更具有悲天憫人的胸臆、樂於助人的襟懷，也因此在詩句間會比一般詩人流露出更多對生命的熱愛。曾貴海[2]

就認爲自己的詩是「人間之詩」。他說：「詩人如果不曾懷有關切人間、悲憫的胸懷，詩如果不能表達詩人的愛與心情，那是沒有任何意義的……」[3]因此詩人醫師在作品中，可以清楚反映自己的思考模式與情感、對生命積極的關切，或者更進一步顯露出對於土地、國家的愛戀、疼惜，如曾貴海的〈某病人〉[4]：



（上略）
他眞心安慰她
不要太悲觀
「我希望也能活到七十歲」
輪到他時
我注視著
走向我
那副肉身
現在，我的手觸摸著
六個月後
必須離開這個世界
不管他願意不願意

---

2 曾貴海（1946—），屏東佳冬人。1966年就讀高雄醫學院期間，與江自得等人在校園創立「阿米巴詩社」，後與鄭炯明等人創辦《文學界》雜誌。曾任高雄市立民生醫院內科主任、高雄市綠色協會理事長、台灣筆會會長、笠同仁、鍾理和文教基金會董事長、南社社長等，著有詩集《鯨魚的祭典》、《高雄詩抄》、《台灣男人的心事》、《原鄉·夜合》《神祖與土地的頌歌》，散文集《被喚醒的河流》、《留下一片森林》等。

3 劉湘吟〈南台灣綠色教父——曾貴海〉，《新觀念雜誌》1997年6月號「新台灣人的驕傲」專欄，頁104。

4 曾貴海，《高雄詩抄》，台北市：笠詩刊社，1986，頁28。

此詩描述一位四十多歲就已即罹患肺癌的患者，曾貴海診斷他只剩六個月的生命，之後就「必須離開這個世界／不管他願意不願意」，但這位病人卻還樂觀的安慰其他病友「不要悲觀」。曾貴海撫觸那副保存期限只剩半年的肉身，卻深深感受到生命的積極、可貴與無上的價值，「詩人」與「醫師」的雙重敏銳特質由此可見。

又如鄭炯明[5]的〈健忘症患者〉[6]：

（前略）
可是
沒有人願意公開
只讓謎底僞裝、變形
在太平洋的兩岸
人們的口與耳之間
竊竊流傳

幸好有一卷錄音帶
記錄著眞實？
他讓我們想起一對孿生女孩的死
他讓我們想起一個年輕教授的死

---

5 鄭炯明（1948—），高雄市人。中山醫學院畢業，曾任高雄市立大同醫院內科主治醫師。笠詩社同仁，並擔任笠詩社長、文學台灣基金會董事長、台灣筆會秘書長。曾獲吳濁流新詩獎、鳳邑文學獎、南瀛文學獎等獎項。著有詩集《歸途》、《悲劇的想像》、《蕃薯之歌》、《最後的戀歌》、《鄭炯明詩選》等。

6 鄭炯明，《鄭炯明詩選》，台南縣新營市：台南縣立文化中心，1999，頁237。

所有的敵人必需消滅
沒有敵人必需製造敵人
利用矛盾生存、控制、驅使
是封閉與頑固世界的最高哲學
可憐的
我們偉大的將軍
一位健忘症患者不知道在執行任務後
自己已變成一個
必需殲滅的敵人

此詩作於解嚴前的1985年，詩中的觀點是以人民爲立場，諷刺當時政權的「健忘」，竟然在執行殲滅敵人的任務後，卻忘記了自我觀照、檢討的能力，甚至於「利用矛盾生存、控制、驅使」來「封閉與頑固世界」、「製造敵人」，導致白色恐怖年代所發生的許多悲劇；詩中，在「記錄著眞實」此句後加上了「？」，更提醒人們要認清事實發生的經過，以作爲將來的警惕，別再健忘。

和前述幾位醫師一樣，曹開的醫事詩作品中深刻流露出關懷生命、土地的特質，抨擊威權統治者無知的犀利批評，同時也清晰地呈現他作品中的生命軸心──台灣。

## 三、曹開醫事詩的寫作特色

曹開的醫事詩，可概略分爲醫療器材的寓意、藥品的作用、病症的象徵、醫者的暗示、死亡的隱喻等議題分析討論之。

## (一)醫療器材的寓意

曹開寫入詩中的醫療器材，多是手術的簡易基本配備，如縫合針、縫合線、手術刀、注射針、聽診器等，而在這些平凡無奇的器具中，他卻記錄著自己獨特的思想與哲理。

縫合線是爲了治療外傷，或是在進行內科手術之後，醫師對病人身上所劃傷口的縫補所用，基本上就帶有救補缺殘、解除肉體痛苦的意涵，繫獄十年的曹開更在其中注入了「解民倒懸」的深刻情感。曹開曾是個肉體、精神都被撕裂的人，因此在成爲醫生之後，更能以同理心來體會病患的狀況，並以愛心對待病人、妥善治療，希望能在最短時間內解除病患的痛苦。此外，曹開在縫合傷口的過程中，也同時想到了獄友和自己的苦痛，以及當初在獄裡與同袍歌唱以抒發（治療）心情的場景，因此也以音樂入詩，這些加了音樂元素描繪而成的作品，讓我們更能清楚看見曹開欲表達的思想，讀來也令人更有興味。我們看〈縫合線專輯（一)〉：

開刀手術的傷痕中
有許多縫合線
苦難的生命裡
化成了琵琶的絃索

當痛楚觸擊你的琴絃時
旋律打破沉寂
心的音樂脈動
也跟著你的歌唱合而爲一

在你漫長的傷痛創口
安放著我的縫合線呵
融和著你的筋節舞蹈中
變爲活力之絃震響　　（曹開手稿）

曹開並不只是將縫合病人的傷口視爲工作而已，而是用心體會病人的痛苦，做出最適當的治療，因此他將自己的精神與縫合線織合，化成「琵琶的絃索」，與患者共同感受被痛楚觸擊心中時的樂音，並與之唱和、一同律動，將「漫長的傷痛創口」慢慢治癒，重新成爲震響的音樂，和健康、有活力的舞蹈。〈外科醫師〉中表達了同樣的思想：

在開刀房有許多縫合線
好像生命的琵琶上
有許多的絃索
我早把自己的精神
加入織合在它們的中間

每當內臟手術順利
將刀傷的裂口縫合完全時
我有如調諧了琴絃的快感
快樂的心聲終打破靜寂
跟他的歌唱合而爲一

在爲他縫合痊癒的痛痕中

有我生命安放的琴絃呵
在他脈動的節拍裡
我的心將震顫舞跳
跟他健康的絃音微笑融合　　（小數點之歌，237）

除了病患的傷口外，曹開甚至於擴大情感的氛圍，對世界上所有的苦難都寄予著深深的同情，如〈琴弦〉：

我縫合線的精神
是一條新生命的琴絃
爲我所看到的世界傷痕
整合諧和而譜曲

爲了健全完美而彈唱
爲了凝聚活力而縫合
我獻給分化背離的靈肉
提唱團結的韻律歌聲　　（曹開手稿）

將縫合線視爲新生命的琴弦，要爲全世界的傷痕來譜曲、整合，使之和諧，可以從這裡看出曹開對於生命的重視，以及欲解救天下蒼生苦痛的博愛精神。

獻出團結的歌聲，來讓分化的靈與肉整合的描述，則是曹開醫病也醫心的寫照，如〈五線譜〉：

（上略）

好比飛翔於心靈的大都市
到處是碧樹瓊樓
肺腑變成大廈
成天可見的是浴血的凰鳳
於是我想起血液不就是音符
那些縫合線是五線譜
我就把心血一枚一枚的音符
塗滿了生命的五線譜
彈奏快樂之聲自我陶醉　　（曹開手稿）

曹開將醫療的工作視爲彈奏樂音，傷痕是五線譜，縫合線上滲出的血痕（血球）是音符，他將自己的心血與一枚一枚音符融合，爲患者譜出快樂的樂曲。

曹開在治療病患的過程中展現了愉悅的心情，或許是在解救、治療的過程中，因而產生了補償過去苦痛的情愫、心緒，讓曹開能暫時忘卻現實中不自由的世界，獲致快樂。〈縫合針〉一詩當中，則是以縫合針與詩篇、音樂一起結合：

在手術開刀
修補傷口的時候
考慮卻不猶豫
像靈感來了縫綴詩篇

一針針把裂口密縫
深織不可抗拒的信念

一線又一線是不朽的心絃
是永恒的吟唱　　　（曹開手稿）

用縫合針縫合傷口的過程，不只是醫治肉體，也像是以靈感來補綴不完整的詩篇，必須毫不猶豫的聚精會神，灌注以「不可抗拒的信念」，才能讓苦痛得以治癒、昇華成永恆。曹開還在縫合病患亂傷口的過程中，屢屢以音樂、詩篇的元素加入思考，並闡述苦難與眞理的關係，這與他在被囚禁的十年中，本身遭逢過數不清的刑求，以及曾見到獄友被刑求傷重、斷氣而死的痛苦場景，再加上常與獄友同聲歌唱慰藉心靈，有著相當深遠的關係。在另一首〈縫合線〉中，曹開則是談到了曾被囚禁的苦痛：

外面的縫合線
痊癒了就可拆線
但腹腔裡的縫合線
卻無法拆除

你可記得
開刀過的舊痕
還有很多縫合線
留在不見的深處

那些摸不到的傷痕
無法撫慰的疼跡

都常隱隱告訴你
千萬要保重自己　　（曹開手稿）

體外傷口的縫合線，痊癒了就能拆除，且幾乎不留痕跡，但體內深處開刀過的部位，就如同曹開曾被囚禁十年的記憶一般，不可能完全抹滅，也永遠無法完全撫慰，而且這心底的傷痕還會隱隱的警惕著自己，要好好「保重」。不管「保重」意指不可再激怒當局，或是要耐心等待時機、用其他的方式來追求正義公理，我們都可由此看出思想犯因之而生的深切傷痛。

〈手術刀的詩感〉一詩中，曹開則又加入紙、筆、書的元素：

慧星殞墜的時候
在凶夜黑暗的紙筆上
寫出一道光痕
——明亮的軌跡

我在病魔上操戈討戰
即將竟功以前
給復健生命的書頁
趕緊留下幾首血詩吧！　　（曹開手稿）

慧星劃過黑暗，就像以善的明亮來割破惡的黑夜般；慧星是會殞落、消失的，手術刀也會因使用過度而失去鋒利，或者就被直接丟棄，兩者都有犧牲奉獻的意義存在，曹開便以此自

況。手術刀在進行手術時所劃下的傷口，他則巧妙的將之形容爲「血詩」、寫詩。此外，曹開也以對病魔的操戈過程，比喻爲對於威權的挑戰，並要在出獄後、生命復健的過程中，留下更多作品誌記。此詩雖寫手術刀，但又著墨了曹開在獄中爲排遣寂寥而看夜景的「習慣」，以及展現他將繼續寫詩、期待成功等等信念。在〈手術刀〉一詩中，則又加上了悲嘆：

不是愛玩白刃戰
不是願動干戈
只像仗義的劍客
爲人浴血戰鬥
卻不知爲自己難過

當我斬除了病魔
人家在慶功
歌頌妙術回春
我卻連同毒瘤的屍首
旋即被擲入垃圾筒　　（曹開手稿）

只知「仗義」爲人浴血戰鬥，沒有先思考自己的下場，就像當初爲了公理、群眾發聲而致入獄；等到割除了毒瘤、公理眞正來臨時，志士卻如曾在手術房浴血奮戰的手術刀般，旋即被丟棄、遺忘；與其說是寫手術刀，更像是曹開對自己人生的寫照，文字中透露著對生命的感傷。再看〈聽診器〉：

我是醫生的戀人
病者的知音
我只尋找那些
不幸的沉疴所在

我不會甜言蜜語
既不止報憂也不止報喜
因此拒做
無謂的傳聲筒

未知的禍根
藏匿的疾患
潛伏的病魔
都是我偵察的死敵

縱然　我全身只有耳朵
不能向人訴說什麼
但醫生卻俯首貼耳
在洗耳恭聽　　（曹開手稿）

曹開拒絕不實，不願成為只會形容表面的傳聲筒，堅持在報喜之外更要報憂，將未知的禍根、藏匿潛伏的病疾都清晰的偵察出來，並據實以告世人，雖因此被捕入獄，但他仍秉持初衷。曹開知道自己的聲音只是如聽診器般微渺，但他希望能有識之士都能如醫生般信任聽診器，早日瞭解社會的禍端所在，

並加以剷除。〈注射針〉一詩則更進一步表達爲後人奮鬥的理念：

注入與抽出
都是同樣重要
主要爲命脈灌輸

我磨銳了筋骨
爲消毒細菌
再受高壓的薰蒸

我用心良苦
刺痛　或許有口多微辭
但仍按醫行事

注入與抽出
都是同樣重要
主要爲命脈灌輸　　（曹開手稿）

注射針頭爲了盡自己的職責，需要磨銳筋骨，再經過高壓薰蒸、消滅細菌的程序後方能使用（早期沒有拋棄式針頭，針頭均是重複使用），就有如入獄的思想犯般，需遭受苦難折磨，才能洞悟眞理，爲社會提供眞確的前進方向。思想的注入與抽出都會疼痛、遭受苦難，當然也會有人因此抱怨，但曹開要世人清楚知道，他以醫生立場所判斷、按醫囑行事的一切，

都是爲了灌輸後代子孫的命脈。

## （二）藥品的作用

將雙氧水塗在傷口上會產生刺痛感，讓人感覺不適，但其實它可以爲傷口消毒，這種又痛又愛的意象是曹開所擅長表現的，看〈雙氧水〉：

妳清澈的雙氧水
並不給瘡口
止痛與麻醉
一開場便是
沸滾灼疼排污

妳說　因爲防腐
所以拒絕溫和
因爲去爛
才無所不用其劇
也正由如此
才顯得更有價值

你一向任人
塗擦於患部
吻穢嚐污
卻從不埋怨
妳猶在臨床上

明白表示
絕不與細菌妥協
你爲人類的理想
永遠樂意承擔
檢肅消毒的任務　　（曹開手稿）

若在傷口上塗上雙氧水，便會出現一堆氣泡，那是因爲生物體內有一種酵素（催化劑），加速了雙氧水的分解而釋放出氧氣，並以此來消滅厭氧性細菌（會被氧殺死的細菌）。

雙氧水如同思想的整肅師、理念的先驅者，拒絕溫和，堅持不與細菌妥協，不願意麻醉、止痛傷口，而是直接的沸滾、排污，希望人體能早日康復，因此更顯出它不凡的價值。曹開就如同始終塗擦於穢污患部的雙氧水一樣，爲了理想而「永遠樂意承擔／檢肅消毒的任務」，雖然不受人歡迎（出獄後，被投以異樣眼光），或者被愚昧、專橫的人排除在外，但他心裡非常明瞭，自己確確實實能剷除病灶，且對得起社會。

雙氧水在傷口上看似有效，但如果只執著在表面上的殺菌，卻未能找到病痛的源頭，又會如何呢？看〈消毒葯水——雙氧水〉：

消毒葯水　掀波發泡
從瘡瘤的外圍
向他的中心逞威
漂毒洗滌　強滾滾

有如抗議髒污的團體
群情沸騰
謾罵嘩然喧天
但，何曾一滴能消毒掉膿頭？

「金包仁」的膿頭
好像隱密的核甲
藏匿在爛果的臟腑
幽閉的毒魂，老神哉哉！　　（曹開手稿）

雙氧水雖然氣泡多，看似「強滾滾」般有效，卻僅是有如群情沸騰的謾罵，只能在瘡瘤表面殺掉細菌，卻未能消滅包藏禍心的膿頭，因而患處仍不斷發炎，終至腐爛。曹開藉此詩表現了更深入的觀點，就是若要眞正改變社會不平的現狀，絕不能只是喊喊口號、搔抓表面而已，必須明確的知道弊病所在，從底處拔除禍端，才能眞正奏效。

接著看奉獻自己，成就他人的〈點滴〉：

我尋覓點滴的無數小數點
是顆顆傾注的露珠
當它剛剛降落枯草上
比任何珍玉
更爲晶亮

在於有的點滴裡

只有它令人想像
有如醫院的注射點滴
不惜搗空自己的心汁
默默地滋潤枯萎欠安的生命

從那一點一滴的傾注犧牲
都能融滙於他人的血液
體會眞誠奉獻的精神
於那耐性澈悟渺小的透明中
給與溫馨慇勤的記憶
(下略)　　　(曹開手稿)

點滴雖然渺小，但卻不惜掏空自己，一點一滴默默滋潤枯萎欠安的肉體，將自己奉獻、融滙於他人的血液。社會的情況就和人體一樣，只要每個人在自己的崗位上努力踏實的工作，就能眞正的造福人群。曹開在詩中自比點滴，願意犧牲自己來造就他人，由此可更進一步看見他高貴的情操。

醫師詩人江自得[7]也有一首關於點滴的詩作〈點滴液的哲

7 江自得(1948—)，台灣台中人，高雄醫學院醫學系畢業，曾任台中榮總胸腔內科主任、台中榮民總醫院榮譽顧問、台杏文教基金會董事長、文學台灣雜誌社副社長。高學醫學院「阿米巴詩社」成員、「笠詩社」同仁、「文學台灣雜誌社」同仁、「台灣筆會」會員。曾獲陳秀喜詩獎、吳濁流文學獎新詩正獎、賴和醫療人文獎等獎項。著有詩集《那天，我輕輕觸著了妳的傷口》、《故鄉的太陽》、《從聽診器的那端》、《那一支受傷的歌》、《給NK的十行詩》。詩選集《三稜鏡》，及散文《漂泊》、醫學書籍《實用胸腔X光診斷學》。編著有《殖民地經驗與台灣文學》、《人文阿米巴》。

學〉[8]：

（上略）
那個患癌症而瀕死的少女
仍吊著一瓶瓶點滴液
行醫二十年的我仍參不透
非如此治療不可的道理
或許是爲了不讓
稀釋在點滴液裡的親人的眼淚
從這世界中迅速乾涸吧
（中略）
或者僅僅是爲了不讓
醫者單薄的道德架構
在她最後漂移的眼光中迅速崩潰吧
那個滿載臨終關懷的少女
仍吊著一瓶瓶點滴液
行醫二十年的我仍苦苦思量
點滴液的哲學

此詩同樣都是出自於對於生命的關懷，但和曹開以點滴自居，著重在奉獻助人的溫馨觀點不同，〈點滴液的哲學〉中展現的是醫師面對重症患者無法有效醫治的事實，因而內心擔憂所呈現出的百感交集。依靠點滴液來維生的少女，其實已無力

8 江自得，《從聽診器的那端》，台北市：書林，1996，頁111。

回天、命在旦夕，江自得參不透爲何只能這樣治療、爲何還需要這樣治療的理由，於是他寫下「或許是爲了不讓／稀釋在點滴液裡的親人的眼淚／從這世界中迅速乾涸吧」、「或者僅僅是爲了不讓／醫者單薄的道德架構／在她最後漂移的眼光中迅速崩潰吧」的詩句，藉由思考點滴的職責、哲學，以及親人期盼的觀點，來試圖解釋「行醫二十年」與「無能面對死亡」所相互衝撞的荒謬。

接著再看曹開的〈催吐劑〉：

靠吞噬爲生的慾念
往往令人囫圇吞棗
常咽噎在喉頭
難於下嚥
甘香可口的美味
在消化過程中會變酸
腐蝕著食道與胃壁
痛苦難堪，這也正是貪圖的惡果

有位心理醫生說：
「慾念有如一個酩酊之徒
當喝得爛醉如泥
首先要給他一帖催吐劑
讓他盡情的嘔吐，吐出吞咽的東西
清滌肚腸肝胆
才能將自己的醜態

看一個明白仔細」　　　（曹開手稿）

慾念使人貪圖，讓人囫圇吞棗、難於下嚥，因此會漸漸嚐受到身體被腐蝕的惡果。威權的國家只會想到搜刮人民，而且貪得無厭，唯有人民起身抗議，如同給被哽塞的肉體一帖催吐劑，他才能眞正清滌思緒、看清楚自己，讓人民有重生的機會。

### （三）病症的象徵

在有關病症的作品中，曹開除了喻指迫害者是寄生蟲、腫毒、包皮，欲加以劊除之外，也有以「膿頭」自況的作品，來顯現自己的韌性。〈寄生蟲〉一詩中，曹開以蛔蟲、蟯蟲的爭奪，喻威權的貪婪、不知節制：

在解剖驗屍時
我見寄生蟲在爭吵
蛔蟲對蟯蟲說：
「你侵佔我的地盤」

剛斷氣的死者
躺在床上無表情
他的家人連他自己
誰也料不到他的腹中
養有如此多的寄生蟲

顯然　血液將乾涸
吸血蟲仍不肯停吸
蛔蟲與蟯蟲
也不肯罷休
猶在拼命爭奪

許多人在哀哮
牠們卻以爲那是音樂
從未想像到後果
除非外界的死亡壓境
禍劫臨頭　　（曹開手稿）

寄生蟲般的威權者，除了吸血、壓榨，沒有別的思想態度，斷氣的死者和他的家人，也因爲長久以來被欺瞞而無法察覺，不知曉死亡的眞正原因。而即使血液、養分將乾涸了，寄生蟲們猶拼命爭奪、不肯罷休，那些人民苦痛的哀嚎，他們由於太慣於聽見，因此當作尋常的音樂而不知檢討，而導致敗亡。再看〈蛔虫醉吟〉：

整個夕暮，蛔虫跟我酒醉酩酊
匍匐翻滾在我的肚腸，咀嚼吸吮吟唱：

酒酣的人啊，這兒就是有我美饌的苑園
可供我隨意食宿遊息

自穩居於豐饒的臟腑
我不斷以貪婪之嘴向你親吻
我知道在你燃燒的斷腸裡
滾燙著對忘恩負義的怨氣

我感到異常的暢飲，當我寄宿於
一個墮落失意的肚腹中
醇酒烈焚的臟腑裡
比在地府的殿堂更爲舒適

我共鳴於你痛楚哀傷的呻吟
唏嘘苦鳴於你創傷的迴蕩
但，我是一隻寄生虫，同樣遭酒烈焚
忍心你的肝腸腐爛成洞，將是我溫甜的塋墓。（曹開手稿）

此詩藉肚裡蛔蟲吟唱的話語，闡述自己內心的痛苦，並對於爲虎作倀、滯於安逸不前的人們提出警訊。曹開的斷腸裡燒著怒火，更有著對告密者忘恩負義而生的怨氣，對於自己墮落失意的肚腹，他想以醇酒麻痺，卻反而更覺烈焚臟腑，且於腹內不停咀嚼吸吮的蛔蟲，更爲安適於此墮落的環境。詩末，蛔蟲雖欷嘘曹開的苦鳴，但爲了自身的利益，或僅滿足（被威逼）於目前處境，不求進步，因此仍繼續將肝腸腐爛成洞，即使知道這終究是墳墓，卻蜷縮的耽溺於現在的溫甜，不願考慮未來的後果。這首詩除了針對告密者而作之外，也眞確的諷刺了當時社會大多數人安逸、不敢挺身而出的狀況。

〈無名腫毒〉則是以反諷手法所寫成，詩中看來明示絕望，但卻隱含著對社稷深深的愛戀，並用「以退爲進」的觀點來看待病症，希望剷除毒素的時機早日到來：

他是顆無名腫毒
怒張的淋巴管
已漫延四周
抗生素與特效葯
也無法救治療好

他鬼譎幽閉的病魂
向欲展開浴血戰的手術刀說：
「我權威的領域
早已擴張無限
你摸不著邊際
難道你敢向我下手？」

手術刀沉吟了一會
終於無奈地道：
「好吧！索性讓你
爛得愈加爛，像一顆奇異果
只等你爛掉了核甲
看你長出什麼樣的綠芽」　　（曹開手稿）

盤據身體已久的腫瘤，已經對抗生素與特效藥產生抗藥

性，必須開刀方能治癒，但剷除疾病的手術刀反被腫瘤威脅，謂病毒已擴張到整個身體裡，欲使之罷手；手術刀雖然充滿著無奈與哀痛，但在思考後先暫時靜心忍耐，讓病症更腐爛一些，等待疾病的源頭顯現，而後將病毒完全根除的時機到來。

腫瘤像是威權，長久以來用各種手段將毒素滲入人心，藉此軟化正義、公理的防衛，讓人民馴服、被奴役；此外，腫毒還象徵著當時政治與社會局勢的腐敗，展現出毫無生機、爛臭無比的景況，並且有著更持續蔓延惡化的意象，這也是曹開發自內心最爲深切、嚴厲的控訴。「好吧！索性讓你／爛得愈加爛」的絕望意義，其實正示現著曹開濃烈無比的愛與期望。

曹開自比手術刀，雖因毒素滲入國家太久，無法以武力馬上將威權去除，但他在思考之後，深信只要時日再久一些，等到惡果更明顯呈現，就能讓人民體認到非改革不可的信念，決心將毒瘤完全剷除；雖看似暫時退讓，但在此詩裡我們更可以感受到他以領導者「手術刀」自居，以及想要成就一番救國志業的渴望，展現出非常積極的心態。

格律派詩人聞一多[9]，在他的格律代表作品〈死水〉[10]一

9 聞一多（1899～1946），現代詩人、文史學者，名亦多，字友三，亦字友山。1923年9月印行第1本新詩集《紅燭》後，開始致力於新詩創作。1922年寫成《律詩底研究》，開始進行系統的新詩格律化的理論研究。1928年第2本詩集《死水》出版，是爲代表作。聞一多的詩具有極強烈的民族意識和民族氣質，愛國主義精神貫穿於他全部的詩作，同時也是他詩歌創作的基調。曾任《新月》雜誌編輯，並於對日抗戰時期的長沙臨時大學、西南聯合大學任教。另著有《神話與詩》、《唐詩雜論》、《古典新義》等，主要著作收集在《聞一多全集》中。

10 聞一多，《死水》，香港：三聯書店，1999，頁170。

詩中，也透露過相同的意涵：

這是一溝絕望的死水，
清風吹不起半點漪淪。
不如多扔些破銅爛鐵，
爽性潑你的剩菜殘羹。

也許銅的要綠成翡翠，
鐵罐上鏽出幾瓣桃花；
再讓油膩織一層羅綺，
霉菌給他蒸出些雲霞。

讓死水酵成一溝綠酒，
飄滿了珍珠似的白沒，
小珠們笑聲變成大珠，
又被偷酒的花蚊咬破。

那麼一溝絕望的死水，
也就跨得上幾分鮮明。
如果青蛙耐不住寂寞，
又算死水叫出了歌聲。

這是一溝絕望的死水，
這裡斷不是美的所在；
不如讓醜給惡來開墾，

看他造出個什麼世界。

〈死水〉是作於1926年的諷刺詩，聞一多眼見當時各層面的亂象，對於國家、民族的未來深懷憂慮，因此在詩中以反諷的技巧，呈現「不如多扔些破銅爛鐵，／爽性潑你的剩菜殘羹。」、「再讓油膩織一層羅綺，／霉菌給他蒸出些雲霞。」這樣完全不想再理會的字句，但展現的手法與意涵其實和曹開一致，也就是兩位詩人的絕望，同樣來自於深切的期望與愛。此外，曹開在〈無名腫毒〉一詩的末二句「只等你爛掉了核甲／看你長出什麼樣的綠芽」，和〈死水〉的結尾「不如讓醜給惡來開墾，／看他造出個什麼世界」非常類似，可能是皆身處紛亂的時代，詩人們擁有同樣的感受思緒，因此所見略同的以此方式涵養成深厚詩句，也可能〈無名腫毒〉一詩是曹開受到聞一多的影響所寫成。

曹開有另外一首以手術刀自居的詩〈包皮〉：

在診療室裡
幾個包皮在比賽
看誰頂上的冠冕
較爲堂皇華麗

當他們爭論得
臉紅面赤的時候
忽然來了一隻
冷酷的手術刀說：

「你們冥頑的包皮
素來藏穢納污
傳染各種沉疴
無法突破自囿的eq牢
還互相誇耀甚麼？」

手術刀說著
便展展白刃戰
浴血將包莖
一下子都割光了　　　（曹開手稿）

手術刀雖冷酷無情，卻能造就不搖不墜的眞理；「藏穢納污的包皮」是社會的禍源，非但不知檢討，反而還互相誇耀比較，因此手術刀必須執行自己應盡的天命。曹開在這兩首有關手術刀的作品中，對自己皆是信心十足，展現了不屈不撓的精神，且詩中飽含解民倒懸的改革元素。另一首〈膿頭〉則是曹開用以寫照自己，藉此展現韌性與決心：

我“金包仁”的膿頭
冥頑的幽魂
有如爛果的核甲
隱藏在腐朽的中心

我不在乎爛得愈加爛
最好能爛破我的堅堡

看看從我的臟腑
會長出什麼樣的靈芝來　　（小數點之歌，245）

以不易被根除的膿頭（冥頑的幽魂）來形容自己，曹開自喻身處在威權的體制裡頭，思想深藏在這腐朽的中心，縱使被刑求、監禁的「爛得愈加爛」，但仍不輕易放棄理念，反而希望能置之死地而後生，在傷口上長出自由民主的靈芝。

「靈芝」一詞曾在曹開的古詩〈刑瘡長靈芝〉[11]裡頭出現，詩的後半段寫道：「苦難折磨，多麼奇珍／刑口開花吐梅香／瘡傷潰爛長靈芝」，也是以此喻遭受刑求後，自己反而更被激發的堅強信念。再看〈美容術〉：

科技的美容手術
把黑修正成秀俊
將難看的深疤
補成迷醉的酒窩

用藝術的假面貌
去掩蓋醜惡
讓遍地的莠草
來美化荒蕪的花園

真正溫馨的美　反遭了褻瀆

11見曹開手稿。

也招來了侮辱和誹謗
因而蛇蠍情婦
常靠假名聲成爲美的繼承人　　（曹開手稿）

爲威權化妝的美容師，竟掩蓋醜惡的眞相，褻瀆了眞正的公平正義；這些假名聲流傳到後世，會掩蓋了事實，讓那些莠草、深疤反成爲眞正的「美」。對照出獄後的社會現實狀況，應該受到撻伐的卻仍屹立不搖，思想犯還是繼續受到監視，因此曹開對於歷史有著深切的無力感，影響他更要堅定持續寫詩的決心，並努力記錄下自己對時代的觀點。

### （四）醫者的暗示

曹開以〈一個士大夫的病歷表〉，簡短卻生動的表示自己對於殖民者所謂「固有傳統」的厭惡：

姓名：東亞病夫
職業：繼承祖先固有傳統
病況：長年沉疴文化腫瘤
療法：宜科學手術　割除癌細胞
癒後：良好

曹開不認爲固有的法統對國家有好處，還反而是殘害人民、讓國家停滯不前的原因，所以應該行使大刀闊斧的科學手術，割除不適合適合時代的癌細胞，才能去除「東亞病夫」的惡名。此詩接續了上一節〈手術刀〉、〈無名腫毒〉兩詩的觀

點，仍是主動積極的要剷除毒素，以成就醫師（詩人）心中的志業。另一首〈醫者之歌—給東亞病夫〉也是端持如此努力不懈的想法：

（上略）
你癱瘓麻痺的神經
已無法自律
即使螞蟻蟑螂
在你的皮膚上行走
甚至老鼠來咬啃
於你都無關痛癢

但　我仍虔誠的
抽一隻興奮劑
打進你將乾涸的血液
縱然你周身仍患有
流膿的無名腫毒
我都無懼於聞穢
一一爲你消毒淨潔
（中略）
如今你擴大的瞳孔
不再收縮
可憐的病夫呵　我眞傷心
但無論怎樣　仍極盡所能
要醫治你回魂　　（曹開手稿）

「東亞病夫」的神經已癱瘓痲痺，但自比醫生的曹開仍不放棄的爲他施打興奮劑，且無懼於腫毒的流膿和穢氣，一一將瘡口消毒淨潔，要極盡所能的救活國家。儘管爲了這些爭取自由的理想，反被羅織入獄，但曹開不放棄自己的理念，在無人敢起身反抗，國家好似病入膏肓、瞳孔擴大的時代，堅持醫生應盡的職責，作自己該做的事，努力讓國家回魂。

再看〈瘋子求醫〉：

有位瘋子患病
瘋瘋顛顛到醫院求診
醫生便查病歷卡問：
「你叫什麼姓名？」
「我叫東亞病夫」
瘋子抱著肚子好像很痛苦地說
（中略）

醫生要趕他
「可是我腹裡
有兩國在作戰
使我腹痛不已
請你醫救我」
瘋子扯著醫生哀求不放
（中略）

於是醫生盱衡病情便弄一包瀉藥

讓瘋子先服下了　　　（曹開手稿）

同樣諷刺國家是「東亞病夫」之外，「兩國在作戰」還喻指了當時威權迫害人、人民反抗的情形；「腹痛」及「扯著醫生哀求不放」，則代表了曹開急切救國的心緒。詩末醫生所開的藥方「瀉藥」，並無法完整的治療疾病，而曹開僅能藉著這包或許能暫時忘卻苦痛的藥方，來安慰、麻痺自己對於國家腐敗的不滿。

## （五）死亡的隱喻

對於病人死亡的原因，在〈醫患對談〉一詩中，曹開是以患者的角度如此形容：

（上略）
病患道：
「給貧病的以葯劑救援
對痛苦的人施以仁術
困窮的，瞽目的，跛足的
匍匐哀呼著尋找華陀
但是，他們絕少遇上幸運
當醫生紙醉金迷時
病人正慘然斃命」　　　（曹開手稿）

病人斃命的緣由，一般人只會直覺認為是病症過於嚴重、未能及時送醫之故，但曹開卻指出是因為「醫生紙醉金迷」，

提醒人們反向思考，要將國家禍亡的原因歸咎於統治者的無能；人民不能只是自怨自艾，而要有自我思考、覺醒的能力。

〈棺材的邏輯〉一詩，曹開則以棺材的觀點看人間的死亡，也提及了思想犯的悲苦：

（上略）
可憐的是　多災多難
人竟鑿空我臟腑
令我以死亡果腹（曹開手稿）

思想犯在獄中「多災多難」，得時時承受被槍決、刑求致死的恐懼，無怪乎棺材會以同情的口吻，「可憐」思想犯，「人竟鑿空我臟腑／令我以死亡果腹」則是棺材的感嘆。此詩中，「竟」字再度寄予了同情，「令」字則是代表棺材對於思想犯境遇的無能爲力，讀來讓人辛酸、無奈。

曹開在遭逢太多苦難、面對太多生死的離別後，已經躍離了一般人對於生死的桎梏，因此能無罣礙的由棺材的觀點看思想犯，並在超脫之後對人世間苦難寄予同情。

## 四、結語

曹開在醫事詩上的寫作數量雖僅有一百多首，但深具文學性與哲理性，更包含了批判性；除了心思細膩外，他又能全方位的細微觀察，當多數醫療人員習慣以科學的角度來看待所從事的醫療事務時，曹開卻能超脫這樣的範疇，以文學的方式看

待他所接觸的工作，而且他的企圖心不止於醫人，更強烈的致力於醫國。

從詩的內容來看，曹開的醫事詩多以擬人手法，透過醫學設備、醫事操作的描寫，諷刺社會上不合理的政治法統，沉痾的固有傳統……等，且皆不客氣地以腫瘤、爛瘡、膿包來比喻之；而對於這些病症的治療方法，曹開認爲，表面的消毒與塗藥，僅能治標而不治本，最好的方法就是忍住一時的痛苦，大刀闊斧的施以切割手術來去除。與數學詩、獄中詩相較，曹開在醫事詩中比較有一致的反抗強權精神，同時詩質中的批判性也更爲濃重。

# 第6章 科技詩：科技與創造之間的思維

## 一、科技與科技語言的發射

曹開在1970年左右開始寫作科技詩，這和當時全球與台灣在科技的發展有極大的關係。1971年，第一台微處理機4004由美國英特爾（Intel）公司研製成功；1974年，台灣第一家電腦公司——神通電腦成立；1975年神通電腦向美國英特爾（Intel）公司引進第一顆微處理器，研發第一台中文終端機；1979年，行政院通過「科學技術發展方案」，以科技作爲策略性工業；1980年，新竹科學園區成立……這些科技上的重要發展，再加上曹開1972年在高雄開始經營電器行，並開設五金加工廠、從事五金批發生意，因而讓他又另外開闢了一個新的寫作主題——科技。

1 李魁賢（1937～），台北市人，1958年畢業於台北工業專科學校，主修化學工程，1964年於教育部「教育部歐洲語文中心」進修畢業，主修德文。曾任台灣筆會會長，並曾任職於台灣國際專利事務所、成立智慧專利事務所，現爲財團法人國家文化藝術基金會董事長。作品以新詩爲主，兼及散文、評論、翻譯。曾獲吳濁流新詩獎、巫永福評論獎、笠詩評論獎、行政院文化獎、吳三連獎，以及英國國際詩人學會傑出詩人獎（1976年）、印度千禧年詩人獎等等，並曾獲國際詩人學會推薦爲諾貝爾文學獎候選人。在寫作、評論、翻譯之餘，也曾帶領台灣詩人到印度、蒙古，與當地詩人交流。作品有：詩集《赤裸的玫瑰》、《水晶的形成》、《永久的版圖》、《黃昏的意象》、《祈禱》、《死與秋之憶》，另有評論、散文、翻譯等多種。

除了曹開之外，李魁賢[1]也是一位在科技與文字中闖蕩的詩人。2002年10月高雄市舉辦了一場「李魁賢文學國際學術研討會」，同時間在高雄縣立縣立文化中心亦展出了他的影像展，其中一個重要單元便是「寫詩的科技人」；此外他也曾任職於台灣國際專利事務所，之後又和朋友成立智慧專利事務所，在科技專利，以及新詩的領域上都佔有一席之地。由於長期接觸科技專利翻譯，李魁賢對這種「需要準確又模糊」的翻譯語言，和詩語言的關連性上，有著這樣的看法：「詩的語言同樣要兼顧準確和曖昧。準確，是因爲要充分而適當表現創作的意念和心情，不多不少，才能顯得完整。但詩如果到如此完整即止，可能缺少了詩特殊性的想像空間，所以詩的語言要保持彈性，讀來有時會模稜兩可，也才會有餘味無窮。也許可以這樣說，詩的準確是詩想傳達的問題，而詩的模糊是語言象徵的層次」[2]。曹開的科技詩雖然看來較爲平鋪直述，但其實也保有這種「準確和曖昧」相嵌的基調。例如在〈廢鐵場〉[3]一詩中寫到「於是它們拋棄恩怨不計前嫌／互相敘情安慰／只惜銹塵很快／便掩蔽它們的嘴口／旋即都被投進鎔爐」。當機器人（奴隸）遇到往昔的遙控器（主人）也被丟棄時，雖能不計前嫌的原諒，但在時間、熔爐掩蔽了一切之後，這些過往的恩怨與單一個體（或部分個體）的諒解，又如何在歷史上定義？曹開沒有敘明，留下了讓人無限的想像空間。

2 莊紫蓉〈但求不愧我心——專訪詩人李魁賢〉上，《台灣文學評論》第五卷第三期，2005年7月。

3 見曹開手稿。

詩人羅青[4]在〈「錄影詩學」之理論基礎〉[5]一文中，也曾提出與科技相關的詩學、語言理論：「在1960年以後，以電視、錄影爲主的傳播方式，已成功的建立了一套機器語言，深入大部分中國人的家庭。新生代出生後，在三歲以前，沒有能夠學習運用傳統語言體系時，便已開始與這種機器語言發生了密切的關係。」[6]、「這種以機器爲主的傳播、表達方式，有許多特色。一、用機器眼代替肉眼來觀察、再現，記錄現象世界。畫面，或靜止或連續，是主要的表現手段，能夠做到許多肉眼無法做到的事情。」[7]。曹開於1959年出獄，在宛若新生、一切從頭開始之時，適逢羅青所提到電視、錄影時代的開端，因而對科技方面特別感到有興味，以致於開始寫作科技詩，並開設電器行和五金工廠。在科技詩作品中，曹開寫了許多首以機器人爲主題，且使用第一人稱（機器人的觀點）所寫成的詩作，恰與羅青「用機器眼代替肉眼來觀察、再現，記錄現象世界」的機器語言觀點有相當關連。

4 羅青（1948—）本名羅青哲，湖南湘潭人，出生於青島。美國西雅圖華盛頓州立大學比較文學研究所畢業，主修文學與藝術的比較。曾任教於台北國立師範大學，目前擔任明道大學英語系主任。詩作曾多次獲得國內外大獎，被翻譯成九種外文出版，畫作也獲獎多次，並且被國內外各大公、私立美術館收藏。著作共有30多種，重要詩集有《吃西瓜的方法》、《水稻之歌》、《錄影詩學》、《少年阿田恩仇錄》、《一本火柴盒》等，畫集則有《不明飛行物來了》、《螢火蟲》、《我發明了一種藥》、《羅青畫集》、《羅青書畫三十年》、《鋼鐵山水》、《鐵網皴法》等。

5 羅青，《錄影詩學》，台北市：書林，1988，頁263。

6 羅青，《錄影詩學》，台北市：書林，1988，頁265。

7 羅青，《錄影詩學》，台北市：書林，1988，頁264。

此外，談到科技詩時，有位不可不提的詩人——林燿德[8]。林燿德除了新詩創作外，也寫作科幻小說；在新詩作品中則有「不但使自己的創作思考能力，從『田園與都市的都界處』，穿越『現代都市文明面』，更進入『後現代都市文明面』，去開發創作世界所有埋伏中的機能……」的特性[9]，更獨創了自己的一套「電腦影像美學」。羅門[10]在林燿德的詩集《1990：林燿德詩集》中，爲其所寫的序文便名之爲〈1990年向詩太空發射的一座人造衛星〉。林燿德寫過一首〈鋼鐵蝴蝶〉[11]：

（上略）
第一隻鋼鐵蝴蝶誕生了，它的誕
生；其實，當設計師想到他誕生
的可能時，他已經成爲現實的一

8 林燿德（1962—1996）（LIN YAO TE），本名林耀德，生於台北市城中區。原籍福建廈門，先祖僑居於緬甸仰光市，畢業於國立台灣師範大學附屬高級中學、私立天主教輔仁大學法律系財經法學組。1995年5月與陳璐茜女士結縭，1996年1月8日逝世。著有詩、散文、長短篇小說等各類創作三十餘種、編著選集《台灣新世代詩人大系》等四十餘種。曾獲國家文藝獎、梁實秋文學獎首獎、時報文學獎首獎等三十餘項。

9 林燿德，《1990：林燿德詩集》台北市：尚書，1990，頁IX，羅門序文。

10 羅門，（1928—），海南省文昌縣人。空軍飛行官校肄業，美國民航中心畢業，曾任藍星詩社社長、國家文藝獎評審委員、世界華文詩人協會會長。曾獲中國時報推薦詩獎、中山文藝獎、教育部詩教獎，並曾受菲國總統頒贈大綬勳章。出版有詩集十七種，論文集七種，羅門創作大系書十種，羅門、蓉子系列書八種。作品選入英、法、德、瑞典、南斯拉夫、羅馬尼亞、日、韓等外文詩選與中文版「中國當代十大詩人選集」等超一百種詩選集。

11 林燿德，《1990：林燿德詩集》台北市：尚書，1990，頁153。

部分；因此，其後設計師日日夜
夜絞盡腦汁的努力，只不過是權
充進化史裏的一名奴隸而已。
（中略）
到安息。如果沒有蝴蝶，就沒有
金屬蝴蝶，蝴蝶先於設計師存
在，先於金屬蝴蝶存在，但是「
飛」的意念更先於蝴蝶存在。
（下略）

曹開開始寫作科技詩時略早於林燿德，雖然他的詩作沒有像林燿德般濃厚的帶有超現實、後現代與高跳躍性，但他在詩中的多面向展演，可說與林燿德在意識與思想型態上所展示的多樣想像空間類似；〈鋼鐵蝴蝶〉中所探討的主從隸屬關係、自主意念、先後意義等議題，也恰與曹開在〈主權〉、〈太空文明鏡頭〉、〈機器夢〉、〈只是個傀儡〉、〈機器人的表白〉、〈遙控器〉、〈廢鐵場〉等一系列以機器人為主題的詩作中所關懷的內容一致，同樣在知性的思考之中，探索了生命存在與自主性的意義。

## 二、科技詩的新工程

曹開的科技詩作品數量約二百多首，呂興昌主編的曹開詩集收入了24首。

曹開的所有作品超過千首，鮮少標上創作日期，幸運的

是，有兩首科技詩〈主權〉與〈磨輪〉則分別標示1987與1988年。1987年曹開已經59歲，卻也是他在台灣文壇開始意氣風發的一年；當年8月份，曹開在妻子大力鼓勵並親身陪同前往報名之下，參加了第九屆鹽分地帶文藝營，並以〈天平的話〉、〈小數點〉獲新詩創作第一名，這是他生平第一次發表新詩作品。同年的10月份，曹開也開始接受詩刊邀稿，發表〈圓規三願〉、〈點點點〉、〈値與和〉、〈括弧的世界〉、〈社會的數學辭〉、〈幾何詩〉、〈正與反〉等七首詩於《笠詩刊》141期。這個階段對外發表的都是數學詩，但此時期他也早已開始從事科技主題的創作書寫。

二十年前的曹開就已將科技與文學結合書寫，深具實驗性與前瞻性。科技文學結合了科技成就與文字藝術的描寫型態，同時具備了科學基礎和文學造詣的成分，再加上曹開個人的豐富想像，就成了切合時代性的文學產物。曹開的科技作品類別相當多元化，有小說、散文跟新詩等等；就新詩而言，又可細分爲科技抒情詩、科技哲理詩、科技童話詩，科技幻想詩，科技寓言詩、科技常識詩……等等。就內容來說，他則是著重在現代化器械的描寫，例如：焊鐵、壓縮機、鏍旋牙、保險絲、輪胎與引擎、封口機、遙控器……等；此外還有電腦科技方面的機器人、電晶體、眞空映像管、網路等描寫；另外還有對外太空的遐想，以及宇宙自然，如：鑽石、隕星……等眾多題材的描寫。

就曹開的寫作歷程來看，加入了現代化科技等創造新思維的題材，可說是豐富了創作的面向，但就作品的實際表現內涵來看，則仍多延續獄中詩、數學詩的特色，也就是對威權抗

爭、展現永不屈服的精神，以及描述被迫害者的哀傷感懷。

## 三、曹開科技詩的寫作特色

經歷過白色恐怖迫害後的曹開，不願意接受採訪，也鮮少對外公開評論，但在新詩寫作中對於威權的反抗，卻從不曾停歇過。

### （一）對威權的無盡抗爭

1987年前後，是台灣民主化過程中深具歷史性的一個階段。1987年7月14日政府明令宣布，臺灣地區自15日零時起解除戒嚴，1988年1月1日則是解除報禁，讓國內出版業與傳播業不再像戒嚴時期般受到政府嚴格的管控，在數量、內容上均有極大突破，使得台灣長時間被壓抑的民主與自由意識，終於開始逐漸走向解放，但實則這時期還只停留在體制上的改革，政府及一般民眾的意識形態尚且相當嚴密與保守；就曹開來說，則是到1990年才完全擺脫警察每個月到家查戶口名簿的夢魘。1987年，在台灣民主光明與黑暗交迭的時刻，曹開寫作了〈主權〉一詩，展現了對台灣民主化的肯定與堅決意志：

從銀河邊工業區裡
由電子公司大門
步出了一個
優秀的機器人
他不願被裝上了遙控器

他說：「我希望自由徜徉」

無線電波很快就發威追蹤
要控制機器人行動
指揮前進特定方向
但　他不馴服反而叫喊；
「我要突破阻礙防線
遠赴理想天國」

這時　強勢的電波
一陣又一陣來襲
不斷地打擊
詎料　機器人不被制伏
卻更堅定表示
恆遠不改變方向

當兩極電腦操縱力量
激烈抗衡
堅持到底
相互箝制低消時
機器人越發自信的強調
必須求得主權順利

最後，未出所料
遙控器因電腦反應過度

驟然故障失靈
機器人得意地宣告：
「終於證實自主了
果斷決策已實現」

這樣看來，檢驗機械理論
至理名言由誰來創造？
如何修理電腦主控系統
怎樣重建操作程序
決定共同應循之和諧途徑
畢竟是急待解決的多元聯立方程式　　1987（曹開手稿）

遙控器若只想單方面的控制、奴役機器人，不理會機器人的權益與極限，便會發生相互抗衡的狀況；當兩方都激烈對抗時，機器人不會屈服於原本被控制的現實，反而更自信的要求主權，最後反應過度的電腦、遙控器會全部失靈，讓機器人得以實踐自主的果斷決心；這相當詳實的呼應了當時的社會現況。詩末，曹開點出對「檢驗機械理論」的懷疑，亦即對於如何修理電腦、重建操作程序等尚待討論、建構的現實，是「急待解決的多元聯立方程式」。

「優秀的機器人」等詩句，顯現了曹開自信的一面，另外值得注意的是，即使清楚的知道自己受壓迫的悲痛，但曹開強調在能夠獨立之後，要尋和諧的途徑來修復電腦，重建社會的操作程序，這又展示了他理性思考的面向。

對於被壓迫與反壓迫，曹開也有著團結反抗的觀點，看

〈自由的空氣與高壓壓縮機〉：

高壓壓縮機
把自由的空氣
強灌冷媒
驅進黑暗的管道
關入密封的鐵罐裡
吆喝怒道：「這樣把你禁錮
要讓你凍結窒息
難道還不馴伏
還企圖脫身」

那知自由的空氣掙扎著
它強忍不拔的靈魂
絕不屈服於苛酷的暴力
終於凝聚天風的正氣
叫嚷習習成陣
竟衝出壓制的鐵牢
吹得高壓押縮機的權威
冷森森　沉沉生幽蔭　　　（曹開手稿）

人民（思想犯）就像自由的空氣般，被威權灌以冷媒，禁錮、凍結於壓縮機密封的鐵製管道中，看似就要窒息了，但人民（思想犯）的靈魂堅毅不拔，並不屈服於苛刻的暴力，終於凝聚在一起衝破束縛，將權威打敗。曹開習慣以周遭的生活器

物爲題材入詩，這首作品便是以冷氣機壓縮空氣的進出爲靈感，雖然只是看似平凡的科學作用，但曹開運用巧思聯想，在詩中表達了強烈的反抗意志。另外一首〈高壓空氣壓縮機〉，則是以較富哲理的方式表達觀點，也同樣展現了團結的意識：

當壓力到達極點
正氣憔悴奄奄欲息
鬱悶無窮
原是充滿反彈力量的誕生

於是我們領悟了
由禁錮的壓縮筒
會凝聚抵抗的風暴
將是開放自由的光聲　　（曹開手稿）

就如同曹開數學詩中對零的觀點一樣，當壓力到達極點、一切回歸於零（鬱悶無窮）之後，反倒是另一個充滿希望的新起點（反彈力量的誕生）；凡被禁錮的，其中必定會凝聚抵抗，往開放的方向爆發，也可說「禁錮」就是「自由」光聲開放的前兆。

### （二）對被控制者的無限悲憫

曹開在〈玩具的選擇〉[12]一詩中寫道：「試想　同樣是玩

12參閱曹開手稿。

具／沒有遙控器　只有機器人／沒有機器人　只有搖控器／那怎演文明的把戲」，這顯示他對於文明的演化有著前衛的思想，認爲一定會在這陣痛的過程中，發生遙控器與機器人的不對等關係。〈太空文明鏡頭〉中有著相同的觀點：

遙控器在後台
操縱機械人
電腦在觀測站
監視遙控器

電腦提供了
遙控器的權威
遙控器裝飾了
統馭者的美夢　　（小數點之歌，173）

機器人受遙控、迫害，遙控器是從中營謀小利的奸細，電腦才是眞正的統馭者。人民像機器人，告密者是遙控器，從中協助、裝飾了威權者的美夢（被迫害者的惡夢），而這就是曹開所認爲的「文明」。即便如此，親身驗證苦難的曹開，並不認爲體會了演化的必然感，就能減低被迫害者的傷痛，而是在接受這樣的觀點後，更認知到在當下起身抵抗的重要。

曹開也另外用齒輪間的互相磨咬，對文明作另一種詮釋，如〈齒輪的主控機序〉：

大齒輪咬小齒輪

小齒輪不斷咬轉軸承
像皇帝咬大臣
大臣咬小百姓

咬來咬去　咬得血淋淋
連呂洞賓也曾被狗咬痛喊救命
而咬不過人的俺儒生
只好認命學孔夫子嚼字咬文

世間的眞理與學問
都比不上齒輪相咬的秩序論
甚麼是中國的四維八德
西洋的聖經……　　（曹開手稿）

世界是殘酷無比的，再多的學問到頭來都是無用，不分古今中外，人世間皆是呈現大齒輪咬小齒輪、小齒輪咬軸承的常態，這也是曹開所體會另一種人世間的文明面向。

另外，在機器人等一系列的詩作中，曹開強調了被迫害的哀傷，如〈機器夢〉：

甚麼時候　我的双目
被裝換了電眼？
何時在腦袋中　被裝置遙控器
竟變成了機器人？

我機器的形相
似乎在夢中被塑造
難怪在辛勞中
忘了機器人就是我

要是我夢醒了
如何追回原來的精神
像電荷的磁能
從導緣中回魂

然則　判若無別
科幻是我的實體
還是我的本體
就是科幻的夢影？

其實微妙的形狀
卻與機器人一樣
那麼馴服乖巧
原非夢境的假像　　（曹開手稿）

囚犯以爲自己在夢中被改造成了機器人，受遙控器控制，也不知何時才能找回原來的靈魂，但仔細想想，在獄中的思想犯其實也和機器人沒有差別，都是那麼的「馴服乖巧」，所以會有「科幻是我的實體／還是我的本體／就是科幻的夢影？」的感慨。上述兩種假設，一種是實體如科幻般的眞，另一種是

實體如科幻的假（夢影），而結論「判若無別」，則更增添了悲劇性。曹開也曾思考過「夢醒」之後的事情，無奈威權的策略奏效，被奴役、刑求的思想犯無法讓大腦眞正有效的運作，也就認不清現實，無法造反。〈只是個傀儡〉中，則進一步提到機器人、遙控器、幕後操縱者（電腦）的關係：

（上略）
莫怪遙控器翻臉
替至尊的統馭者警告；
「不許違逆，不然你們機器人
將觸犯了叛逆的罪行，必遭受修理的噩運」

每個渺小的零件管道
都知道全身巡迴的是
殘忍的電波如血流洶湧
遙控器當然一向無情
機器人被折磨至死
均認爲理所當然
不過主導的遙控器
追根究底也並無主權
除了按電腦奉命行事
畢竟也只是個傀儡啊！

別炫耀得意的權勢
朗誦狂妄的勝利

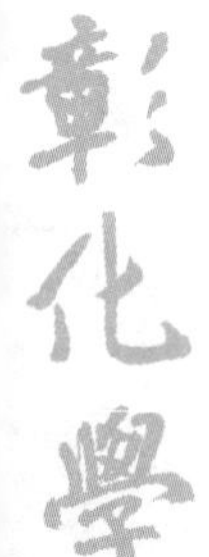

本來遙控器與機器人之間
看不見的命脈息息相關
別幸災樂禍
其實，機器人的亡滅
也就是遙控器的自毀前程
（下略）　　（曹開手稿）

機器人（人民）想要抗拒而獨立自主，是個遙不可及的夢想，因爲這對高高在上的電腦（威權者）來說，是大不韙的犯行，在此同時，遙控器也會替電腦幫腔，警告機器人叛亂的後果，於是機器人只得被周身巡迴、如血流洶湧的「殘忍的電波」所控制，被「認爲理所當然」的「折磨至死」。

在詩中可以知道，曹開已經體認到遙控器（獄卒、告密者、奸細、監視者）並無主權，只是奉命行事的傀儡，且這些不對等的關係，就如同愚昧、自相殘殺的遊戲，一旦機器人被折磨殆盡，電腦、遙控器也等於走向滅亡。類似的觀點又又如〈機器人的表白〉：

別以爲
我喜歡被遙控
馴服如奴僕
或者願意拖磨
辛勞至死

也絕非樂意

受遙控器
監視操縱驅策
但　卻無法掙脫
那無情的擺佈

瞧　那個坐鎮
在後台的電腦
統馭著我的神魂
要哭要笑
全要聽他的指揮　　　（曹開手稿）

「無法掙脫」正是因爲背後有電腦坐鎮，表面又有遙控器監視、操縱、驅策，此詩更清楚、深入的論述到，搖控器並無主導機器人的權力，背後的電腦才是眞正統馭機器人神魂的所在。另一首提到遙控器與機器人的詩是〈遙控器〉：

瞧啊！那是遙控器
他控制你　正如遙控器一樣
是沒啥了不起的事
遙控器聽從電腦的命令
然後，指揮來指揮去
操縱這操縱那
逼得我們的形體與精神
共同被奴役在隱藏的電波裡
變成了被動的機器人

這是機械論的架構世紀
對壓縮機的高壓驅迫
竊聽機的偷偷監視
遙控器不覺有罪惡感
更不會引以爲恥
因爲如此這般
專家所強調的
也就是所謂進步的科幻偉像

然，我們機器人
原來相愛，也何曾相仇恨
但，搖控器在統御中
卻爲搬弄權術而過癮
極盡激發挑撥離間的功能
常做分化統合的魔法
其目的，要搞得
眾多機器人俾顏馴伏
好像變成了
無法翻身的奴僕
（下略）　　　（曹開手稿）

遙控器只聽從電腦的指示欺凌機器人，而且它不會有罪惡感，反而以搬弄權術來自我過癮，且極盡挑撥離間、分化統合的手段，連指使竊聽機來共同作孽的手段也不以爲恥，並以此造成科幻的偉像（時代的假象？），讓機器人乖乖馴伏，成爲

翻不了身的奴隸。曹開清楚知道電腦與遙控器、竊聽機的分別，而這些有組織、有系統的迫害者，嚴密（嚴厲）的造就了一套無法破解的系統，它們全都是殘害機器人的共犯。對於這些爲虎作倀的遙控器，曹開曾寫過一首〈讓〉[13]更貼切的形容，詩裡提到「讓愛權威的稻草／打成繩子／而被利用自己／去捆綁同族」、「讓愛仗勢的木頭／做了斧柄／而被樵夫操著／去砍殺親人」，對被甘於利用而殘害自已同胞的台灣人，發出深沉的感慨。

雖然作出嚴厲控訴，但曹開對身爲被迫害的機器人，就永遠都存在著恨意嗎？〈廢鐵場〉中有著和解的觀點：

一個機器人
躺在廢鐵場裡
但　電眼還睜著
尚未瞑目過
不久　忽然有一個遙控器
也被扔到它的身旁

機器人驚問遙控器：
「你爲何也來此？」
「聽說報廢」遙控器說
「原來也同樣下場
多可憐的冤家！」

13參閱曹開手稿。

於是它們拋棄恩怨
不計前嫌
互相敘情安慰
只惜　銹塵很快
便掩蔽它們的嘴口
旋即都被投進鎔爐　　（小數點之歌，160）

威權的遙控器與被控制的機器人，一同被報廢到廢鐵場裡，兩人皆盡棄前嫌，並互相安慰，而偉岸的時間也將兩者鏽蝕，並投入熔爐中一同融合，再創造出嶄新的未來；受害的曹開展現了寬容的精神，並體認到再多的冤恨也會被時間所消解，但其實曹開隱含了另外的寓意，亦即在時間、熔爐掩蔽了一切之後，這些過往的恩怨與單一個體（或部分個體）的諒解，後人又該何定位、定義？曹開並沒有敘明，僅以「旋即都被投進鎔爐」作爲全詩的結束，留下了許多讓人想像的空間。

## （三）對苦難人生的永不屈服

〈鐵鉗的教訓〉中，曹開清楚的點出爲民除害的精神，並發出反抗、讓國家能重生的意識：

在一塊腐朽的木板上
兩支突出的鐵釘
相爭誰最權威
當它們正在較量風頭時
忽來一支鐵鉗諷刺地說

「在無謂的地方　竟無法自
拔　還要誇耀甚麼」
接著便把它們通通拔掉了　　（小數點之歌，150）

在已經腐朽、沒有養分的土地上，猶有鐵釘般的威權者們在彼此吹噓、逞兇鬥狠，曹開自願作那自由公義的鐵鉗，將所有無用的禍害拔除，希望能夠造就子孫的未來。〈齒輪〉一詩則清楚描繪曹開對當下的痛惡感，以及希望聞者皆能同心起身抵抗的意涵：

（上略）
要是不慎碰觸
必被啃喫的血肉模糊
腥味浩蕩

以牙還牙嗚咽骨血冤魂
爭鬥的齒輪輅轉著齒輪
相咬著幾許生命的苦難

啊！咬牙切齒
重訴慘痛的血淚史
寫下擊骨敲心的樂章　　（曹開手稿）

齒輪與齒輪相互的磨動，彷彿嚙咬著生命的苦難，讓彼此血肉模糊，又像是以牙還牙的鬥爭，腥味浩蕩；雖然慘痛，但

這些刻骨銘心的血淚史，都是時代的見證。曹開咬牙切齒的記錄下這些感想，要用這些「擊骨敲心的樂章」作爲警惕，讓後人不忘記這段歷史，並在追求眞理的過程中有所依循、約束，不要重蹈覆轍。

焊條是在鐵工廠常見的物料，在鎔鑄之後塑造物品或塡補破洞，曹開便以此展現自己的不屈，如〈焊條〉：

是的，我被塑成堅硬的焊條
像一條鐵漢
我一旦燃燒
宛如火燄的心一樣

熔化自己
火葬發光
變成血紅的鋼漿
傾注世間漏罅的隙縫

自焚犧牲
所觸及的全煥新昇華
所遺留的並非灰燼
而是提煉凝聚創造的精神　　（曹開手稿）

思想犯有如焊條，視死如歸的心則宛若火焰，熔化自己成血紅的漿來發光，以補救世界間不公義的裂罅。雖然被囚，但曹開已經有了視死如歸的決心，要將自己的不幸化作同胞的幸

福；軀體犧牲後並非成灰燼，反而更凝聚人民的反抗共識，得以讓國家重生昇華。又如〈鐵焊抗命歌〉：

哦　命運之火神
你雖把我的生命
投入殘酷熾烈的火燄中
要把我焚燒毀滅

但看啊　我不屈的靈魂
卻是一條光明不朽的鐵焊
將讓患難的身心
熔化爲希望的鋼漿

不斷傾注血紅的流液
進行修補人間的嫌隙
讓創造的意志賦型更堅強
雖則你要否定我的精神，火葬我的美夢

我仍不斷熔解自體的精粹
傾注於自由的崇高雕塑之中復活
哦　命運之火神　你枉然來燃毀
我不屈的鐵和靈魂　　（曹開手稿）

雖然命運將鐵焊丟入火焰中焚燬，但鐵焊轉換心念，將之視爲使靈魂不屈的方式，將患難的身軀熔成希望的鋼漿後，再

鑄以自由崇高的塑像形式復活重生，藉由這樣歸零而後覺悟的過程，被迫害者反而能光明不朽，讓所有的迫害者（命運）嚐到枉然之感，「不屈的鐵和靈魂」即是曹開對自己最好的寫照。熔爐是銲條被高熱融化的痛苦之地，卻也是練就精神、肉體最佳的試煉場，看〈熔爐的煉就〉：

剛毅的好漢
好比一條鐵筋
被燃燒的軀骼
在熔爐裡
透明純真，壯烈地歌唱

脫落餘燼
猶熔成不朽的鋼漿
被挾在鐵砧上
承受不斷無情的鎚擊
還會塑造煉就堅強的形象
抱著傷痛浴火重生——　　（曹開手稿）

鐵筋的身軀在熔爐裡化爲鋼漿，再被夾在鐵砧上無情的敲鎚，但卻沒有因此被擊倒，反而在脫落餘燼後浴火重生，將自己練就的更爲剛強。雖然被囚多年，但曹開認爲，只要在心中抱持不屈的理念，反而會在最後鎔鑄出「堅強的形象」，浴火重生。

〈熔化的靈肉〉則藉著描繪工作場合的情景，將對現實的

不滿與自己靈肉合而爲一，可作爲曹開對悲慘生命永不妥協的最好詮釋：

假若你來到我的工廠
你會發現我的靈肉
由一支硬挺的焊條
已燃化成爲血紅的鋼漿

它正在修補文明機器的裂口
添平鋼鐵之間的嫌隙
撫平主控軸承上的創傷
熔接齒輪的斷痕

只要你仔細察看，我不復存在
已經化爲零——
變成機械們整體中的一份子
也許你尋訪中會説：
「親愛的你芳踪何處？」

其實，我化爲烏有的生命
早已融合在
被我修補過的許多機械的身軀中
我的幽魂與他們同在
只要你側耳聆聽
你就發覺遍處

在爲你歌唱
在呼喚你的名字

哦　假若你來到我的工廠
所有的機器將是我的化身
他們將發出我諧和的聲音
爲你演奏
被夕陽拉長的陰影
將向你膜拜

在這暗淡的工廠裡
如今你來探訪
見不到我不要悲傷
我只是隱形寓居於同類的靈肉中　　（曹開手稿）

曹開在人生後期自營五金工廠營生，於是在此詩中將整個工廠比喻爲自己在人生戰場退縮之後，靈魂與肉體融合爲一的所在地；化爲零後重新開始的曹開，要前來探訪的朋友不必悲傷，因爲變成整體機械的一份子後，他擁有更堅定的意志，雖然生命好似化爲烏有，卻其實卻眞切地與工廠內的機具一同運行、歌唱。

曹開認爲自己生命的歷程，就像焊條般決心犧牲奉獻，要來縫補文明的裂罅，且目前只是隱身化入工廠中，並非永遠消失；要探訪者不必悲傷的曹開，雖然在此詩中灌注令人哀傷的元素，但卻也宣示著，自己身處困境中卻絕不屈服的決心。

## 四、結語

在數學詩與獄中詩、醫事詩之外，對寫作相當用心投入的曹開，試圖開創出新的書寫路線與特色，注入了新時代科技與創造思維的題材。曹開曾經營五金生意，對於現代化器械並不陌生，關於電腦科技方面的題材，則是曹開自行修習後的成果，這些元素都豐富了他作品的題材與面向。就作品的精神內涵來看，仍然延續著獄中詩、數學詩的精神特色，對於極權者的橫行霸道大力批判，以及生動描繪被迫害者的困境。在曹開作品中，一直懷抱著一種異於凡人的情懷，那就是在無比困頓的環境中，更能以意志力做爲最堅強的抵抗與昇華，而在科技詩的創作中更把這樣的精神發揮得淋漓盡致。他在〈鑽石〉中寫道：

夢見憔悴奄奄
像樹已枯
當被大煙焚燻
變成了黑碳
卻是充滿了活力的誕生

經由數千萬年
高溫高壓的押縮逼迫
飽受患難的靈魂
卻凝成了璀璨的鑽石
放射獨特的光彩

那知半夜裡酣睡中驚醒
一顆純潔透明色澤的露珠
閃爍著有如悲慟的冷冷寒星
從鐵窗向囚說：「那是虔誠贖
罪的淚滴，就是你的還原」（曹開手稿）

鑽石之所以被人們所喜愛，除了它亮麗的光芒之外，也是因爲鑽石形成的困難與稀有；每一顆天然鑽石的形成均需數百萬年的時間，在地表下 90 英里甚至更深的地方，碳才會在特定的高溫和高壓下形成鑽石，而動物的遺骸是天然鑽石形成的主要元素。思想犯就像碳元素一樣，要忍受過長時間的高溫高壓，靈魂、思想才能因此焠鍊出鑽石的光彩。曹開經歷了時代的苦難與傷害，他嘔心瀝血的作品，就猶如在歷經苦難之後，思想因之凝結而成的璀璨鑽石。

# 第7章 結　論

曹開因為政治因素而蒙受不白之冤，在當時保守的年代，一旦被套上「思想犯」的緊箍咒後，是無論如何也解不開的，因此他以選擇以詩來見證白色恐怖，其中最特別的是以數學的定義、數字、符號、圖像入詩，寫成了全台灣，甚至於全世界獨一無二的「數學詩」；同時，他又能夠藉由寫詩轉化自己的心情，以高操的意志力將悲憤化解，來反制威權所造成傷害，讓世人知道即使微如「小數點」，也有自己存在的意義和尊嚴，即使小如「螢火蟲」，在如影隨形的黑暗恐懼中，仍能發出屬於自己特有的亮度。

## 一、以詩見證白色恐怖

經歷十年監牢生活的屈辱與折磨，出獄後依然受到情治單位長達三十多年的查訪與監控，以及社會上各式各樣的異常眼光，這種強權政治體制排山倒海而來，強灌於個人身上的恐怖主義，對曹開的人生可說是全方面的打擊。為了避免再度惹禍上身，出獄後他行事盡可能的小心與低調，但在內心深處，靈魂終究會找尋出口，「寫作」便是曹開經歷白色恐怖侵襲後，生命中最重要的慰藉之一。

與曹開有類似生命經驗的詩人柯旗化曾在作品〈上帝啊，祢在哪裡？〉中這樣說：「我不是詩人／可是如果不寫詩／我將會發狂」。因此儘管身處思想監控縝密的火燒島黑獄，獄方

人員會不定期搜查牢房，同時又有被埋伏身邊的告密者出賣的危機，仍然抵擋不了曹開寫作的慾望，甚至他還立志在獄中要每天寫一首詩；但爲了安全起見，這些密藏起來的手稿，在出獄前他都盡數銷毀，留待出獄後再憑記憶寫出來，而且一寫又是三十多年；這些總數約一千五百首的成果，無論是數學詩、監獄詩，或是科技詩、醫事詩，一字一句都眞實見證了台灣五〇年代白色恐怖對小人物的愚弄與傷害。

雖然因爲時空背景不同，致使曹開在部分作品中的用字讀詞較不符合現代用法，以及在詩句中產生描述過於淺白、口語化，未能展現太多華麗技巧等情形，但對於一位被監禁了十年、無法完成學業的詩人來說，作品仍具一定的水平與價値。

## 二、以數學透視人性照亮心靈

數量高達三百多首的數學詩，存在著曹開對於冤獄的怨懟、體會，乃至於悟道的過程，可說是台灣現代詩中所獨發創造的異數（藝術）。

總括曹開在數學詩的創作成就，可以歸納出下列影響：

### （一）對曹開而言

在獄中百般寂寥、苦悶，又時時面對死亡威脅的曹開，無法任意閱讀、寫作，只得翻閱獄方認爲無關緊要的數學書籍，以及寫作無法一眼看透、較不會引人注目的數學詩，作爲抒發心情、記錄自己心路歷程的方式，並藉由詩中的奧義來重新堆砌對人生的觀點，建立屬於自己的公理、正義，留待後人比較評析，賞讀吟味。

出獄之後，曹開雖然忙於生計，但仍將在獄中所寫而謹記於腦海的數學詩重新謄寫出來，且持續不輟的創作新的數學詩，而這些努力並沒有白費；數學詩是讓曹開得到第九屆鹽分地帶的新詩首獎的關鍵，藉由數學詩的初次出線，不但讓他躍上台灣詩壇的舞台，開始接受詩刊邀稿，更進而讓他對自己的作品深具信心，加強了繼續寫作的慾望。

**（二）對詩壇而言**

科學的陳述屬於「邏輯的語言」，而詩歌所運用的是「情感的語言」，兩者之間有相當的反差存在，若要將其合而為一寫成作品，更需要將「邏輯語言」的架構轉變成「詩語言」的架構，這樣創新、有難度的作品得來實是不易。此外，曹開的寫作方式並非僅將一連串的數學符號組合而已，而是將人生當成數目，在內化、因式分解之後，再以文字表達出來，超脫了數學家以及一般詩人的寫作範疇，這中間的構想與巧思遠非常人所能及。

曹開在獄中就開始琢磨數學詩的寫作，在這樣漫長悠遠的時間中，雖然沒有舞台與掌聲，甚至還要冒著被查房搜詩的生命風險，但他仍對數學詩如此專注、深入，且創作的數量如此可觀，並留下「心靈可以從數學得到最清澈的照亮」的經典金句，曹開可說是史無前例第一位數學詩人。

## 三、黑獄中發出一線光芒

曹開的獄中詩作品內容非常廣泛，大致可以分為下列十數點：（一）對執政者的怒吼，（二）在獄中自我安慰、調整的

思緒及幻想，（三）面對死亡的觀念，（四）能否出獄及一旦出獄後如何面對社會的徬徨，（五）與獄友之間的友情，（六）台灣被威權控制的沈痛心情，（七）被逼供、刑求的情況，（八）囚梏犯人的手銬、腳鐐、鐵鍊，（九）對獄中食物、衣著和囚室內各項生活設備的描述，（十）火燒島上的景色，（十一）落葉、雁、鷹、漂鳥、螢火蟲、龍等意象，（十二）點名、勞動、奴役（敲石頭、搬石頭）的過程，（十三）抒情詩，（十四）古詩及其他。

曹開並沒有自傳或回憶錄留世，終其一生也僅接受中國時報記者張宜平與研究者呂興昌的採訪，因此這些新詩作品，是他最自在面對、願意留下來的歷史片段，更顯得彌足珍貴。曹開寫下豐富、多樣內容的現代詩，與其他獄中作家以散文、小說形式呈現的敘述也有所不同，更能讓後人得以多面向的瞭解當時火燒島上發生的各種歷史，以及思想犯心中真正的感受。

值得注意的是，即便獄中詩有許多怨懟、擔憂、悔恨、絕望的表現，但就如同數學詩所展現的力道一樣，到最後他總能夠轉化自己的心情，以高操的精神、意志力來克服、反制威權所佈下的各種傷害，並在這些如影隨形的黑暗恐懼中，發出屬於自己特有的輝明亮度。曹開在〈光明的面龐〉一詩中寫道：「但願生命點燃的燈火／永久不會被熄滅遺忘／我們供人使用的字眼／就是至愛光明的血紅面龐」，這些詩句正可以顯現他對於愛、眞理、正義與自我信心的光芒。

對於白色恐怖時代和後代台灣人民而言，這些曹開在獄中第一手的感觸，雖是以比散文、小說簡要的文字所寫成，但卻更精準的描繪了白色恐怖對思想犯的外在迫害與心理層次的影

響，讓讀者在閱讀、感動之餘，也能更加珍惜台灣現在的民主進程，實是價值非凡。

## 四、尊嚴的凝聚：永不妥協的意志

曹開的作品多在出獄後所寫，因此這些詩句可說是曹開以堅韌不拔的意志力，爲了保存自己基本的尊嚴所凝聚而成。他的作品有部分屬於簡潔凝鍊的型態，有部分則跨越到意象艱澀難懂的範疇，滿溢了對數學理論與人生哲學的省思，有些作品卻又淺白易懂，像是娓娓道來的生活敘事；但無論如何，只要我們對這些作品產生的背景與時空有所認知，就能體會它們在曹開人生的嚴酷時期中，所代表堅定、一致的意義。這些經歷苦難而後所得的結晶，除了充分描述小人物被控制的悲哀外，對威權的批判更從未停歇；其中最難能可貴，也是曹開所引以爲傲的，莫過於作品中所呈現出對自己的堅持，以及永不妥協的精神。

台灣的詩人群中，曹開個人就如同萬般數字中一個「小數點」的存在，但他能在作品中以數理觀念來推理、演繹，建立一套讓自己（所有渺小個體）產生特殊存在價值的法則，也因此讓曹開的詩藝、詩值遠遠大於小數點所呈現的表面意義。

在讀完曹開的作品後，我們可以這樣定論：曹開是能夠凝聚起眞正的台灣意識、價值，且永遠不會被忘記的，一個特大號的小數點……

# 參考書目

## 一、專書


‧鯨向海，《精神病院》，台北市：大塊，2006年。

‧曾貴海，《神祖與土地的頌歌》，高雄市：春暉，2006年。

‧奧斯朋出版編輯群（Usborne Publishing Ltd.）作，陳昭蓉譯：《圖解數學辭典》（he Usborne illustrated dictionary of maths）台北市：天下遠見，2006年。

‧曹開著，呂興忠編，《小數點之歌——曹開數學詩集》，台北市：書林，2005年。

‧陳英泰，《回憶：見證白色恐怖（上、下）》，台北市：唐山，2005年。

‧曾貴海，《孤鳥的旅程》，高雄市：春暉，2005年。

‧李敏勇，《複眼的思想——戰後世代8人詩選》，台北市：前衛，2005年。

‧陳克華、湯銘哲等編，《桂冠與蛇杖：北醫詩人選》，台北市：九歌，2005年。

‧蕭蕭，《台灣新詩美學》，台北市：爾雅，2004年。

‧貝琦‧佛朗哥著，史帝文‧沙萊諾繪，林良譯，《數學詩》，台北市：三之三，2004年。

‧林于弘，《台灣新詩分類學》台北市：鷹漢文化，2004年。

‧白靈，《一首詩的玩法》，台北市：九歌，2004年。

‧陳克華，《我在生命轉彎的地方》，台北市：小知堂發行，2004年。

‧加斯東‧巴舍拉（Gaston Bachelard）著，龔卓軍、王靜慧譯，《空間詩學》，台北市：張老師文化，2003年。

‧曾貴海，《鯨魚的祭典》高雄市：春暉，2003年。

‧吳易叡，《島嶼寄生》，高雄市：春暉，2003年。

‧陳克華，《騎鯨少年》，台北市：小知堂，2003年。

‧江自得、鄭炯明、曾貴海，《三稜鏡——江自得.鄭炯明.曾貴海詩選集》，高雄市：春暉，2003年。

・羅伯・卡普蘭（Robert Kaplan）著，陳雅雲譯，《從零開始：追蹤零的符號與意義》（The nothing that is），台北市：究竟，2002年。
・柯旗化，《臺灣監獄島：柯旗化回憶錄》，高雄市：第一，2002年。
・羅伯・卡普蘭（Robert Kaplan）著，陳雅雲譯，《從零開始：追蹤零的符號與意義》，台北市：究竟，2002年。
・羅青，《吃西瓜的方法》，台北市：麥田，2002年。
・鯨向海，《通緝犯》，台北縣新店市：木馬文化，2002年。
・李魁賢，《李魁賢詩集》，台北市：行政院文化建設委員會，2001年。
・江自得等著，《人文阿米巴專輯》，彰化市：財團法人台杏文教基金會，2001年。
・陳晨，《迷鳥詩集》，南投市：南投縣文化局，2001年。
・賴欣，《從一個年代掉落到另一個年代》高雄市：春暉，2001年。
・楊逵原著，彭小妍主編，《楊逵全集：第九卷-詩文卷》，台北市：文化資產保存研究中心籌備處，2001年。
・宋田水，《作家當總統》，台北市：草根，2000年。
・柯爾（K. C. Cole）著，丘宏義譯，《數學與頭腦相遇的地方》，台北市：天下遠見，2000年。
・宗介華主編，《中國科學文藝大系：科學詩歌卷》，中國大陸湖南：湖南教育，1999年。
・陳育虹，《其實，海》，台北市：皇冠，1999年。
・查爾斯・席夫（Charles Seife）著，吳蔓玲譯，《零的故事：動搖哲學、科學、數學、宗教的概念》，台北市：商周出版，1999年。
・王卦怠（施俊州），《寫在台南的書信體》，台南市：台南市立文化中心，1999年。
・鄭炯明，《鄭炯明詩選》，台南縣新營市：台南縣立文化中心，1999年。
・陳晨，《觀察者詩集》，南投市：南投縣立文化中心，1999年。
・聞一多，《死水》，香港：三聯書店，1999年。
・辛波絲卡（Wistowa Szymoborska）原著，陳黎、張芬齡譯，《辛波絲卡詩選》，台北市：桂冠，1998年。
・王新華，《周易繫辭傳研究》，臺北市：文津，1998年。

- 吳東晟，《上帝的香煙》，彰化市：彰化縣立文化中心，1998年。
- 林亨泰原著，呂興昌編訂《林亨泰全集（二）——文學創作卷2》，彰化市：彰化縣立文化中心，1998年。
- 陳義芝，《不安的居住》，台北市：九歌，1998年。
- 李進文，《一枚西班牙錢幣的自助旅行》，台北市：爾雅，1998年。
- 莊永明，《台灣醫療史：以台大醫院為主軸》，台北市：遠流，1998年。
- 曹開著，呂興忠編，《獄中幻思錄——曹開新詩作品集》，彰化市：彰化縣文化局，1997年。
- 藍博洲，《高雄縣二二八暨五〇年代白色恐怖民眾史》，鳳山市：高縣府，1997年。
- 蘇紹連，《隱形或者變形》，台北市：九歌，1997年。
- 陳克華，《美麗深邃的亞細亞》，台北市：書林，1997年。
- 陳晨，《黑色森林》，高雄市：春暉，1997年。
- 陳克華，《別愛陌生人》台北市：元尊文化出版，1997年。
- 陳克華，《新詩心經》，台北市：歡熹文化，1997年。
- 江自得，《從聽診器的那端》，台北市：書林，1996年。
- 林燿德，《不要驚動不要喚醒我所親愛：林燿德的長詩》，台北市：文鶴，1996年。
- 蕭翔文，《相思樹與鳳凰木》，嘉義市：嘉義市文化中心，1995年。
- 九章出版社編輯部編，《中學數學實用辭典》，台北市：九章，1995年。
- 王白淵，《荊棘的道路》上冊，彰化市：彰化縣立文化中心，1995年。
- 陳克華，《欠砍頭詩》，台北市：九歌，1995年。
- 譚仲民，《大顯神通：臺灣電腦業開路先鋒的故事》，台北市：商周文化發行，1995年。
- 數學百科全書編譯委員會編譯，《數學百科全書》，中國大陸北京：科學出版，1994年。
- 鄧東皋、孫小禮、張祖貴著，《數學與文化》，新竹市：凡異，1994年。
- 錦連，《錦連作品集》，彰化市：彰化縣立文化中心，1993年。

・林則良，《對鏡猜疑》，台北市：時報，1993年。
・焦桐，《失眠曲》，台北市：爾雅，1993年。
・譚石，《獻給雨季的歌》，台北市：書林，1993年。
・陳克華，《與孤獨的無盡遊戲》，台北市：皇冠，1993年。
・李魁賢，《黃昏的意象》，台北縣板橋市：台北縣立文化中心，1993年。
・朱榮智，《莊子的美學與文學》，臺北市：明文，1992年。
・林書揚，《從二二八到五〇年代白色恐怖》，台北市：時報文化，1992年。
・江自得，《故鄉的太陽》，豐原市：台中縣立文化中心，1992年。
・陳黎編，《花蓮現代文學選》，花蓮縣：花蓮縣立文化中心，1992年。
・柏楊，《柏楊詩抄》，臺北市：躍昇出版，1992年。
・葉海煙，《莊子的生命哲學》，臺北市：東大，1990年。
・江自得，《那天，我輕輕觸著了妳的傷口》，高雄市：笠詩刊社，1990年。
・李魁賢，《永久的版圖》，台北市：笠詩刊社，1990年。
・林燿德，《1990：林燿德詩集》，台北市：尚書，1990年。
・余光中總編輯，張默主編，《中華現代文學大系──詩卷【壹】：臺灣1970-1989》，台北市：九歌，1989年。
・余光中總編輯，張默主編，《中華現代文學大系──詩卷【貳】：臺灣1970-1989》，台北市：九歌，1989年。
・卡普爾（Kapur, J. N.）著，王慶人譯，《數學家談數學本質》，中國大陸北京：北京大學，1989年。
・施明德，《囚室之春》，高雄市：敦理，1989年。
・林燿德，《都市之甍》，台北市：漢光，1989年。
・林燿德，《都市終端機》，台北市：書林，1988年。
・黃智溶，《今夜，妳莫要踏入我的夢境》，臺北市：光復，1988年。
・陳克華，《我到一顆頭顱》，台北市：漢光，1988年。
・羅青，《錄影詩學》，台北市：書林，1988年。
・羅青，《不明飛行物來了》，台北市：純文學，1988年。
・楊逵，《綠島家書：沈埋二十年的楊逵心事》，臺中市：晨星，1987

年。
・林燿德，《銀碗盛雪》，台北市：洪範，1987年。
・陳克華，《星球紀事》，台北市：時報，1987年。
・明哲，《鄉土的呼喚》，台北市：笠詩刊社，1986年。
・林傑斌等編譯，《電腦史話》，台北市：銀禾文化，1986年。
・鄭炯明，《最後的戀歌》，台北市：笠詩刊社，1986年。
・曾貴海，《高雄詩抄》，台北市：笠詩刊社，1986年。
・李魁賢，《水晶的形成》，台北市：笠詩刊社，1986年。
・非馬，《白馬集》，台北市：時報，1984年。
・羅青，《水稻之歌》，台北市：大地，1984年。
・王錦光，《中國物理史話》，臺北市：明文，1984年。
・項武義，《幾何學的源起與發展》，台北市：九章，1983年。
・幼獅數學大辭典編輯小組編，《幼獅數學大辭典》，台北市：幼獅，1982年—1983年（上卷1982，下卷1983）。
・李瑞騰，《門檻》，台北市：蓬萊，1982年。
・鄭炯明，《蕃薯之歌》，高雄市：春暉，1981年。
・陳碧真撰，《簡明數學百科全書》，臺北市：九章，1979年。
・向陽，《銀杏的仰望》，台北市：故鄉，1979年。
・清・戴震，《孟子字義疏證》，臺北市：臺灣商務，1978年。
・鄭炯明，《悲劇的想像》，台北市：笠詩刊社，1976年。
・黃錦鋐，《新譯莊子讀本》，台北市：三民，1974年。
・艾略特（T.S.Eliot）著，杜國清譯，《詩的效用與批評的效用》，台北市：純文學，1972年。
・鄭炯明，《歸途》，高雄市：笠詩刊社，1971年。
・清・王先謙，《莊子集解》，臺北市：商務，1969年。
・瑞恰慈（I. A. Richards）著，曹葆華譯，《科學與詩》，台北市：臺灣商務，1968年。
・紀弦，《紀弦詩選》，臺中市：光啓，1965年。

## 二、期刊論文

### （一）論文

・黃文成：《受刑與書寫—台灣監獄文學考察（1895—2005）》，中國文化大學：中國文學研究所博士論文，2006年。
・王建國：《百年牢騷：台灣政治監獄文學研究》，國立成功大學中國文學系博士論文，2006年。
・蕭蕭：〈八卦山：蘊藏多元的新詩能量〉，彰化縣政府：「2006年彰化研究學術研討會——八卦台地研究」，2006年10月。

## （二）報紙、期刊

・丁文玲：〈曹開的數學詩，終於平反〉，中國時報開卷周報，2005年7月10日。
・莊紫蓉〈但求不愧我心——專訪詩人李魁賢〉上，《台灣文學評論》第五卷第三期，2005年7月。
・莊紫蓉〈但求不愧我心——專訪詩人李魁賢〉下，《台灣文學評論》第五卷第四期，2005年10月。
・黃靖雅：〈圓心〉，自由時報副刊，1999年1月1日。
・陳國偉：〈數字戀〉，聯合報副刊・全民寫詩，1999年5月1日。
・劉湘吟〈南台灣綠色教父——曾貴海〉，《新觀念雜誌》1997年6月號。
・莊紫蓉：〈擊出愛與憧憬的鼓聲——詩人李魁賢專訪〉，1998年春夏季號《台灣新文學》第十期，1998年。
・宋田水：〈一成名就成鬼〉，台灣日報副刊（27版），1998年11月27日。
・邱國楨：〈『民主自治同盟』李奕定案〉，民眾日報副刊（19版），1998年7月22日。
・邱國楨：〈台灣慘痛檔案第七輯——「台灣民主自治同盟」李奕定案〉，《南方快報》電子報，http://www.southnews.com.tw/Myword/myword_index.htm。此檔案是由邱國禎（馬非白）在1998年花費一年時間蒐集資料所寫成，並依案件發生日期逐日刊登於民眾日報，總計近280篇，總字數約50萬字，最近重新整理並作部分內容的補遺和充實，即將由前衛出版社出版。
・宋田水：〈白色恐怖外一章——介紹曹開的人和詩〉，台灣日報副刊（27版），1997年11月13日。

- 宋田水：〈曹開和他的數學詩〉，聯合報副刊（41版），1997年10月25日。
- 張宜平：〈心中有數，人生有詩——曹開獨創數學詩把人生「因式分解」〉，中國時報（18版），1996年7月10日。
- 林亨泰：〈符號論〉，《現代詩》季刊18期，1957年5月。
- 美國加州 保羅蓋茲美術館（J. Paul Getty Museum）線上館藏，http://www.getty.edu/art/exhibitions/tumultuous/。


## 三、影音光碟


- 陳麗貴、滕兆鏘導演：《台灣白色恐怖口述影像記錄》DVD，台東縣成功鎮：交通部觀光局東部海岸國家風景區管理處，2005年。1-青春祭，2-白色見證。

# 附錄一：與曹開併肩背負沈重的大石——曹開之妻訪談記

時間：2006年8月23日

地點：高雄市左營區新庄仔路，曹開舊居二樓

受訪者：曹開之妻—羅喜女士

採訪者：王宗仁

（羅喜女士，以下簡稱羅；王宗仁，以下簡稱王）

王：曹開的家庭背景如何？

羅：曹開的父母都是做竹簍的，就是以手工用竹子編成的，在果菜市場用來裝水果、蔬菜的大簍子，目前已經很少見了。曹開是住在大家庭裏的，與祖父及祖父的兩兄弟家族同住。曹開家裏共四女二男，他是家中的老大。小時候爲了升學，還向祖父跪求過，由祖父作主讓他去唸書。弟弟是在曹開入獄之後才生的，因此曹開與弟弟相差了二十四歲。

王：當初唸書時，是他自己要去念的嗎？

羅：嗯，是他自己要去的。

王：日據時代時，要唸書沒這麼容易吧？

羅：是啊。他當初是念豐原商職，但畢業後覺得這樣的學歷還不夠，工作也不好找，因此才決定要再考台中師範學校，並考上公費生。

王：在那個年代，考上師範學校的公費生並不容易吧？

羅：是啊。他那時上學時都拿著鞋，從員林山腳路的家裏走到火車站旁，在水溝邊將腳洗乾淨之後，直到進入火車站上車前，才捨得穿鞋。

王：曹開小時候學的是日文吧？

羅：我確定他在念台中師範學校時，是已經用中文學習的，但在豐原商職時，則不確定是否已經開始學習中文。

王：他有和妳提起過小時候受日文教育時的事情嗎？比如日本老師之

類的？

羅：沒有，我沒有問過，他也不曾提起。

王：他會說日文嗎？

羅：日文的聽、寫他應該都行，但平常生活中比較少有機會用日文和別人接觸。他非常有語言的天分，也會用英文和外國人對談。

王：曹開在就讀台中師範學校時發生涉及政治的事情，他有和妳提過當時的情形嗎？

羅：他說他從未加入任何團體，更何況是介入有關政治的事情了。他只是喜歡聽老師說歷史故事而已。

王：他有提過是那一位老師嗎？

羅：一個外省籍的李奕定[1]老師，是教歷史的（按，應爲國文老師），他當時也是從學校畢業，在大陸教書沒有多久，聽說台灣缺人員，因此才想說到台灣來看看，結果沒多久就被抓了。另外，曹開的堂哥「曹集」（按，應爲曹乙集）也在該事件中被捕入獄。曹乙集和曹開同校，好像還是同班，當時擔任班長，他也被判處十年徒刑，出獄後就精神狀況失常，常在員林街頭指揮交通，沒多久就去世了，實在是有夠可憐。

王：他有提到當時共有多少人被判刑嗎？

羅：我沒有記得很清楚。但他有提到他住校同室的室友等人也被捕，大概共有四、五人。

王：他有提到爲什麼被抓去嗎？

羅：他說他不知道。當時是國曆的過年，他想說有沒有放假多少天，家裡經濟狀況也不太好，因此就留在學校宿舍，結果不知怎麼的就被抓走了。另外，還有一個不是學校的學生，是住隔壁村莊有遠親關係的人，當時已經出社會了，但因大家都很年輕，所以可能在假日時會互有來往，後來那個人在出獄時也已經身體帶傷了，沒有辦法做事，也大約去世十年了（按，應爲黃榮雄）。可能是因爲他當時成績不錯，常去找老師聊天，而他只是喜歡聽老師說歷史故事而已。不過他其實很少提到這些事情。我曾聽李老師

1《獄中幻思錄—曹開新詩作品集》書前之生活剪影中，「1982年與季老師合影」之相片，「季」係誤植，應爲「李」，即「李奕定」老師。

說過，他是在台灣坐牢的，而他的哥哥則是同時在大陸被懷疑是台灣的間諜，這實在太矛盾了，所以他後來有出具證明寄到大陸，證明他確實有在台灣服刑，後來他的哥哥才免去被關的命運。這邊懷疑李老師在當間諜，那邊又懷疑理老師的哥哥也在當間諜，這實在太矛盾了。

王：他後來有再和李老師見面嗎？

羅：有啊，就是因爲有見面，所以才一起照了相。那是在他出獄好幾年，一直到搬來高雄之後，才有再聯絡。

王：大概是什麼時候？

羅：大概是民國六十幾年左右。

王：那他們見面都做些什麼呢？

羅：也沒什麼，就只是大家坐一下而已。李老師的太太也是政治犯，被關了十年。

王：李老師現在還在嗎？

羅：還在，現在住在台北。他太太是老師，已經退休，不過已經過世了。

王：他們是因爲什麼原因又見面、聯絡呢？

羅：當時政治犯出獄都要有人交保，好像是因爲高雄這邊有個朋友，在李老師出獄時爲他作保，爲了這個人情，所以每年李老師都來高雄看這位朋友，可能是因此而兩人再相遇的。

王：後來又再往來時，他們曾經提起以前的事情嗎？

羅：沒有，那種往事他們沒再提，只提到說「很惡質」。

王：您這裡有本西元2000年出版，李老師所寫的「姓氏源流的調整」，是他拿給曹開的嗎？

羅：不是，是在曹開過世之後，他才拿來的。

王：當時他知道曹開過世了嗎？

羅：我們當時當沒有說跟他說，是他後來到家裏來坐時才知道的。他也出過了好幾本書。我不知道別的政治犯怎麼樣，但就曹開來說，除了生意買賣之外，印象中他幾乎都沒什麼朋友的，都不敢和別人來往。而那些少數來往的朋友，都是人家先來找他的，覺得他其實很老實，然後才會和他繼續來往。

王：那他這一生對於女兒們的管教呢？

羅：唉！他都沒在管啦！

王：都沒在管？

羅：眞的啊，他眞的沒在管。他說他都這個樣子了，女而兒讀得好也好，讀不好也好，都沒關係。

王：是覺得「沒關係」嗎？還是「失望」？

羅：是失望。

王：對學校的教育失望嗎？

羅：對這個時代失望。

王：他有曾經提過當時坐牢的一些情形嗎？

羅：他剛去時，被刑求得很嚴重。這是李老師說出來的，他不曾主動提起過。有說到在囚房時，讓他站在椅子上，將他的手吊起來，然後再將椅子踢掉，然後還有一些什麼「老虎蹲」之類的我已經忘掉的名詞。

王：他出獄之後，手或者身上其他地方有什麼傷痕嗎？

羅：多少都有啦！有內傷，常常會「嗯哼」的咳，就像人家說的「人未到，聲先到」。那個我說住在隔壁村莊的（按，應爲黃榮雄），就有了百分之百的傷，後來得了肺癆。那個人愛寫小說，他的弟弟在當國小的老師。

王：他有說過在裡頭認識什麼樣的人嗎？

羅：他人還滿孤僻的，不太與人來往，出獄後也是。

王：他後來有從事過醫療工作，曾在裡面認識醫師嗎？

羅：有一位麻豆的王醫師，是西醫，已經去世了。他多少有那位醫師身上學到醫學方面的知識，聽說那位醫師外科的技術不錯，在那邊也曾幫人家開刀。

王：他只認識這一位嗎？

羅：醫師的部分只有這一位。我所知道的只有這一位。

王：那有提起過文學、文化領域的人嗎？

羅：沒有提起過。

王：有沒有提過與哪些喜歡寫詩的人一起寫詩？

羅：好像有一個住台中的，也是當醫師的人和他一起寫作，但後來被槍殺了。這些我不是很清楚，只知道是有一位醫師。其他有在寫作的，是住在隔壁村莊的那一個（按，應爲黃榮雄），和李老師。

王：李老師有和他關在一起嗎？

羅：同樣關在火燒島上，但沒有在同一個牢房。

王：他有說過爲什麼對數學特別有興趣嗎？是有朋友會數學嗎？

羅：他是進到監獄裡面才對數學開始研究的。

王：他在念師範學校時就對數學有研究嗎？

羅：他本來在考台中師範學校時，是考美術類組的，那時並沒有對數學，所以是後來才對數學有研究。他說過在監獄裡面，大家都會算數學，但他自己卻對數學不內行，所以不能不認眞研究。

王：他有說過在裡面讀過什麼書嗎？

羅：在裡面沒有什麼書可以看。

王：我好奇的是，爲什麼在裡面會想算數學呢？

羅：我不知道。但他說在裡面大家都會出數學題，再互相解題，所以他覺得自己也要會，不能不研究。爲了消磨時間，所以大家就出題目來解題。

王：可能是在裡面也不能做其他事情，只好將興趣轉到不會引起問題，不會引起獄方注意的數學上。

羅：他寫東西都是自己欣賞而已，也沒讓別人看到，怕在裡面會被打小報告。印象中，他曾經在鳳山附近遇到一個朋友，那個人有向他打招呼，我卻覺得他態度很不親切，後來我問他，他才說那是在火燒島裡頭的朋友，當時大家都懷疑他是會打小報告的人，所以對他很冷淡，也因爲這樣子，所以那個朋友後來就沒再來找他了。

王：那曹開的妹妹有曾經對他入獄之事提出看法嗎？

羅：由於家裡經濟狀況不好，所以父母都期望他長大，在唸完師範學校後，對家裡的經濟有所改善，那知道會遇到這樣的事情。在發生這個事情的時候，他家裡也曾經爲了救他，胡亂的去拜託人，所以被人家騙走了一些錢，所以他的一個妹妹就曾說過他是個「了尾仔」。他是長子，父母總是希望找些門路能救他，有可能是因爲這樣被騙了一些錢。

王：他出獄後，父母親都還健在嗎？

羅：都還在，但又怕在一起被連累到，所以還是保持了一些距離。我只嫁到他家裡待了一個多月，就搬到果菜市場去了，而這是我在

當時的看法。

王：所以曹開寫詩，是在監獄裡頭就開始寫的嗎？

羅：他說他在裡面就開始寫了。

王：他有寫古詩嗎？

羅：沒有，他都是寫現代詩，而且他中文沒有很通順，你們看就知道了。

王：不會啊，他後來再學中文後，還是寫得很好。父母親當時有去看他嗎？

羅：比較困難，因爲他家裡經濟情況不好，路途又很遠。但都有寄東西給他。

王：有朋友去看過他嗎？

羅：怎麼可能，朋友都非常害怕。甚至於本來在師範學校和他很好的同學，聽都不敢和他聯絡。當時事件發生時，還有人就躲在稻草堆旁，眞的怕到死掉了。出獄後，有些以前的同學曾經到家裡來看他，但他不敢再提到什麼敏感的事情，同學也不會問。

王：同學來看他時，是在政治比較開放之後，還是在他剛出獄後就來看他了？

羅：距離他出獄也有十幾年了，當時蔣經國還在位。

王：他後來出獄之後，有沒有對當時的一些政治人物、時事有著什麼樣的看法？比如說蔣介石？

羅：沒有提起過，也沒有批評過。只是剛出獄時，警察一個月要來兩次，讓他覺得心情很不好。只要警察一來，他的心情就很糟。

王：警察來的用意是什麼？

羅：調查戶口，要拿出戶口名簿，讓警察在上面簽說警察有到了。心情不好是因爲這樣讓隔壁的鄰居覺得很奇怪，用異樣的眼光來看警察到訪的事情。他的心情眞的很不好，明明就是規規矩矩的在做生意，也沒有參加什麼活動，甚至出獄後連演講都不敢去聽，到後期政治風氣比較開放，也就是到高雄好幾年之後，才敢去聽演講。

王：他在出獄之後，有沒有對外省、本省的觀念有些什麼想法？

羅：不會啊，他沒有在介意這些事情的，就像他的老師也是外省籍的啊。

王：十年的刑期眞的很長，他都沒有提過是因爲什麼原因讓他被判這麼久嗎？

羅：他說他事實上就沒有和別人勾結，但就是這樣判決了。

王：他有沒有說是因爲他說了什麼話，或是什麼人供出來他怎麼樣嗎？

羅：這些我都不清楚。

王：他有提起過看什麼報紙嗎？

羅：這我不知道。但他有提起過，下課後沒事時，喜歡到市場看人家下棋。以前都有人在路邊擺設象棋，玩「破棋局」的遊戲。

王：請問一下，當初你是怎樣和曹開先生認識的？

羅：是人家介紹的，但不是專業的媒人，是朋友介紹的。

王：是長輩嗎？

羅：他爸爸在開雜貨店，都會到員林的街頭看貨、做生意。由於我爸爸也是在做生意，因爲他爸爸剛好提起，所以有個大批發商介紹而認識。

王：那時候曹開在做什麼工作呢？

羅：他回來後就在家裡幫忙載貨，補貨到雜貨店裡去賣。

王：當初那個介紹人是怎樣形容曹開的？

羅：就說是政治犯入獄的啊！我哥哥說「這樣好嗎？」，但我爸爸覺得政治犯沒關係，他覺得若是搶劫犯、小偷那種品行不好的人就不行。他還說，如果是政治犯的話，那表示這個小孩很聰明。

王：喔，那妳爸爸眞的很開明。

羅：我爸爸是這樣告訴我的。後來我哥哥還去打聽這個人的品行好不好，然後家裡才說可以的。

王：介紹之後就能夠見面了嗎？

曹：那是訂婚之後才見面的。

王：妳對他的第一個印象是什麼？

羅：還沒有訂婚的時候，我就覺得，在監獄關了十年後出來還能夠不失志，看起來應該是蠻可靠的。

王：曹開後來和妳約會的時候，有提起過自己的事情嗎？

羅：他沒有提起過那些事情。

王：那妳一開始知道他的狀況（政治犯）時，有什麼想法？

羅：我根本就都不懂那些事情，是我爸爸說沒關係的。

王：他出來之後，雖然對這個時代失望，但日子還是要過下去？

羅：要不然怎麼辦呢？日子還是要過。他就奮鬥，自己做自由業啦。

王：他說過對這樣的日子不滿嗎？

羅：他不會去說這些事情，只是會對警察來查戶口的事情感覺到心情很糟而已。那時跟人家租房子的時候，房東太太曾經問我們說，警察爲什麼常常來找你呢，我們說就是來調查戶口而已，事實上也只是拿戶口名簿給他們簽而已啊。

王：有曾經因爲這樣，而讓別人不願意租房子給你們嗎？

羅：沒有，沒發生過這種事情。他們不知道啦，我們沒有去說。

王：警察一直到什麼時候才沒有再來？

羅：在搬到高雄市松江街時都還有。我們對於報戶口這件事情非常規矩，搬到哪裡就轉到哪裡，連到那裡租房子也都有報，我們不曾遺漏過。

王：只有警察而已嗎？還有什麼人來會讓他感覺不好的？

羅：好像是國防部之類的單位，每一年都寄來會要求寫篇感想之類的東西，然後曹開寫好再寄過去。這對他沒有什麼影響，他對於警察來的事情感到生氣，因爲隔壁鄰居的眼光會因此而比較異樣。

王：搬到松江街時警察還有來，所以後來他就想要搬去澳洲了？

羅：他有想要過去，但沒有申報成功，那時候警察就比較少來了，我沒有記得很清楚，但搬到松江街的後期，包含現在的旗南路就都完全沒有了。

王：警察沒有來了之後，曹開的反應如何？

羅：他的心情就比較開懷了，然後就說要離開這塊傷心地，但澳洲的「良民證」沒有辦法申報通過。那時候澳洲比較嚴格。宋先生（按：指宋田水先生）要去的時候就很順利。

王：妳認識曹開之後，他就都在寫詩了嗎？

羅：是啊。

王：妳認識他時，知道他會寫詩嗎？

羅：他那時有寄了一首〈藤與樹〉給我。

王：妳看到時覺得他寫得怎麼樣？

羅：我覺得他寫得不錯，很有感情。那是我看到他的第一首詩。

王：他後來在寫詩的時候，妳有覺得他會因爲什麼狀況，比如說看到新聞的，或對時代的變化有感受，因而有感想，很想寫詩嗎？

羅：他說要把他的回憶，對那十年的回憶寫出來。

王：所以他後來所寫的，都是對那十年的記憶嗎？

羅：他出來到社會上所寫的，比較沒那麼深刻，我覺得在裡頭寫的比較深刻。

王：那他出來的時候，就已經有很多手稿了嗎？他有許多詩都是在火燒島裡面寫的嗎？

羅：不是用寫的，他出來時手稿都沒有帶出來。

王：他在裡頭寫的東西都沒有帶出來？

羅：沒有沒有。

王：所以他可能是在裡頭用想的，出來之後再寫出來？

羅：對，用記憶的。

王：他在監獄裡有寫古詩嗎？

羅：應該是沒有，我印象中他都是寫現代詩的。

王：因爲呂興昌教授有寫到他在服刑時，先寫作古詩，然後一邊研究新詩。

羅：這我就不清楚了。

王：當初呂興昌教授來的時候，也是在這裡和他談的嗎？

羅：對，是在樓下坐。呂教授是宋先生介紹的，人非常和氣。

王：所以根據妳的瞭解，曹開的新詩都是在出獄後才寫的？

羅：是。

王：那時後你們搬家搬了這麼多次，最主要是因爲經濟的考量嗎？

羅：他是有想說搬家、轉業之後，經濟狀況會比較改善吧，但主要還是住久了之後，因爲警察常來，讓他心情很不好，厝邊頭尾也都會感覺懷疑。我本來也不知道，是到後來之後，才慢慢瞭解，原來品行比較不好的，警察才會這樣來調查。

王：所以他認爲別人會以爲他和那些人一樣，但其實他不是。

羅：是啊，他是規規矩矩在做生意的。

王：所以搬家這麼多次，也是和曾入獄的事情有關。

羅：嗯……

王：他這些年一直這樣寫寫寫的，是遇到宋先生之後，才開始發表？

羅：是啊，要不然是都沒有的，在這之前連一次都沒有。像這個（指牆上的得獎剪報）就是參加鹽分地帶文學營才有的。

王：這是他自己要去參加的嗎？

羅：沒有啦，是我押著他去的。

王：爲什麼妳要押著他去？

羅：是我看到報紙上有這個消息，我就告訴他，呃呃呃，你常說你的詩有多好又多好，只有在對我吹嘘而已，這個鹽分地帶文學營活動你去參加看看。

王：你看到報紙啊。

羅：是啊，我是看到報紙，叫他去參加，他嘴巴說好啊，但是都沒有行動，我就說時間只剩下幾天而已，你既然說好，那就寄幾篇稿子過去看看，他就選了幾篇，寫一寫之後，也是只有放在桌上，我就幫他裝進信封裡，和他一起拿到郵局去寄，用掛號寄出去。到了要出發那一天，他又在那邊躊躇，不太想去，我就說走走走，我和你一起去。到了現場，排了大約二十多個人，他也不敢和人家一起排隊，就說那麼多人很難排，回去了回去了。我說都這麼遠專程來了，而且那天還是颱風天呢，那天還正好我媽媽到高雄來玩，我就告訴媽媽說妳在家裡坐一下，我和他去報名後馬上回來。

王：到郵局去報名？

羅：不是，到郵局報名後，然後要到鹽水現場報到。

王：報到後，就在那邊住了？

羅：對，住三天兩夜。那時我就幫他排隊了，然後要他四處去走一走，等輪到他的時候，他才去簽到辦手續，然後我就回家了，他住在那邊，等到要回來的那天，我才又去帶他。那天我去的時候，有一個教授就問我，妳是來這邊拜拜的嗎，我說不是，我是來這邊等我先生一起回家，她問妳先生是誰，我說是曹開，他就說今年第一名被曹開拿走了。

王：那曹開拿到第一名，他有跟妳說什麼嗎？

羅：我在他說之前，就已經先知道了啊！

王：他很高興嗎？

羅：很高興啊，他以前都沒有參加過。他說，我就跟妳說過了吧，我

的詩很不錯，妳就不信。我說，就算我信，也得要這樣參加比賽，人家才能給你肯定，要不然就僅止於說自己的詩有多好而已。

王：那他說自己的詩寫得很好，有沒有提過他認爲那一個部分好，或是那一首詩他覺得最滿意？

羅：他說他的詩在數學這方面有創意，其他方面是輸人家沒有辦法啦，都跟不上人家啦。

王：他那時在參加鹽分地帶文學營時，還不認識宋田水先生嗎？

羅：還不認識。

王：是1988年要申請澳洲移民時，才認識的嗎？

羅：對。

王：所以是1987第一次發表作品，後來才又在1988認識宋先生的？

羅：就發表來說，也是這樣就停止了，沒有再發表過了。

王：他說他的數學詩很好，有沒有提過是因爲什麼機緣之下才開始寫數學詩的？

羅：他說他的數學詩有創意啦。他說如果單純用中文寫作，別人會看得比較清楚，他如果用這樣的方式，別人就比較看不明瞭，呵呵，用數學比較不會一目了然啦，不會一下就懂了。

王：把心情寄託在裡面？

羅：他的想法都表達在裡頭。

王：他可能有雙重的意義。本來寫詩別人就不容易懂，再加上他以數學爲題材，就等於有了兩層的密碼。

羅：是啊，所以他才用數學表達出來。

王：他從那次之後，也沒有和其他的作家開始往來，只是高興一下而已？

羅：是啊，沒有。

王：那他有因爲參加那次的活動之後，又開始寫作嗎？

羅：還是都有繼續再寫啦，不過並沒有很多就是了。

王：他寫作最多的是什麼時候？

羅：寫最多的時候，就是在我們剛結婚沒多久的時候，他說要把他的詩整理出來。

王：他的意思是說，要把當時在監獄裡頭所想的，趕快整理出來？

羅：對。

王：所以其實他在裡面就已經有寫了？

羅：可能是有啦，他在要回來的時候才燒掉。他說本來都放在草席，或者榻榻米的下面。

王：有寫，但是都藏起來了？

羅：對，應該是這樣子。

王：他當時在員林的時候，住的環境那麼差，他怎麼寫作？

羅：那時後沒有寫。

王：是到了台北之後才寫的嗎？

羅：那時候還沒有，是到了花壇之後才開始寫，在花壇的時候寫得最多。在員林那時後沒寫，那時連坐的地方，連一張書桌都沒有，都只是睡地上而已。

王：所以妳所說的結婚後開始寫作，是指從花壇開始？

羅：那時後開始，一直到新營，都有陸陸續續在寫。在從事醫術方面工作以後，就一直有在寫。

王：他有說在裡頭燒掉的是新詩或其他東西嗎？

羅：沒有，沒說。

王：他有說過寫過那麼多的詩，他最喜歡的是那些嗎？

羅：是數學，他說這個寫得比較好。

王：除了曹開這個名字，還有「小數點」之外，他有用其他的筆名發表過？

羅：沒有。

王：牆上的畫作，有一幅是1995年畫的，另外一幅什麼時候畫的？

羅：也是1995年。這一張還好，另一幅我有嫌他啦，被石頭壓成那樣，看得有夠……

王：我有找到資料，他1997年8月第一次發表作品，同年十月份就又作品又發表在笠詩刊上面。

羅：對，鹽分地帶的是頭先，笠詩刊是在之後的。

王：那他怎麼會想到要發表，是人家來跟他邀稿，還是他自己投稿的？

羅：應該是人家來邀稿的喔，他在參加鹽分地帶得獎後，人家就來問他有沒有其他的作品。他的作品都是人家來問，他才有拿出去

的，他自己不會主動。

王：他去阿根廷的時候，妳有一起去嗎？

羅：有。

王：是因爲不習慣才回來？

羅：主要是因爲那些女兒。本來我想說在那如果有對象也是很好，但結果都沒成。（台灣）移民去那邊的人，年齡都比我們還小，而且小很多，所以和我們的女兒都不適合，婚姻比較難成功，所以才又回來。

王：所以其實環境還不錯？

羅：環境還可以啦。

王：移民去阿根廷的時候，全家都去嗎？

羅：我們一家六口都有去。最小的女兒去的時候剛好是暑假，兩個月後就回來了。他對於語言方面很厲害，在還沒有去的時候，他就自己先買西班牙語書回來家裡看，去的時候就已經能和人家對談了。

王：他平常喜歡看什麼書？

羅：什麼書都看，他到書局的時候一次可以站四、五個小時。

王：當初到澳洲旅遊時，聽到蔣經國去世的消息，他有什麼感受嗎？

羅：沒有。

王：妳覺得他是沒有感受，還是不想說？

羅：他沒什麼表示耶。

王：當初辦移民時，有受到一些困擾嗎？

羅：是啊，就是良民證的問題，澳洲沒辦法通過，那時就有人在教，說阿根廷如果是在十五年內沒有什麼問題的話，就可以通過，因爲自從他出獄後就都沒有什麼再發生什麼事情了，所以我們就申請二十年內沒問題的那種簽證，所以就被批准了。

王：對於因爲以前的事情而造成移民的困擾，曹開有什麼感受？

羅：也沒有啦，辦得過他就很高興了。

王：他在參加鹽分地帶文學營，還有在辦移民手續的時候，警察還是有來嗎？

羅：也是有啦，不過比較少，那時也曾經有過拖到三、四個月才又來。

王：從阿根廷回來之後就都沒有了？

羅：沒有了。去阿根廷（註：1991年）之前就好像沒有了。到最後有拖到很久，大約四個月才去一次。那時後有民進黨在抗議的時候，就比較鬆了。

王：會不會是因爲解嚴的關係？（註：1987年7月15日解嚴）

羅：對，那時後解嚴了。應該是解嚴之後才沒有的，在蔣經國還在的時候都還有。

王：那當時不可能去警察局問爲什麼警察沒來吧？

羅：也不知道啊，反正沒來就好了，心情就比較輕鬆了。老百姓規規矩矩的，警察卻還會來巡察，實在是很……。尤其是在市區裡面，大家都更加敏感，以爲有什麼事情，但其實是很規矩的。

王：所以後來認識呂教授都是因爲宋先生嗎？

羅：對。

王：他自己沒有主動去找過人家嗎？

羅：都沒有，他自己都沒有主動。

王：後來在1996年文學台灣還有刊他的詩，是因爲什麼呢？

羅：這我就忘記了。

王：後來曹開身體有比較不好嗎？

羅：除了會咳之外，身體都還不錯。但有高血壓他都不吃藥，從來都不吃高血壓的藥，他說他自己會注意，但自己要怎麼注意呢？

王：是啊，溫度的變化很難預測。

羅：那時後剛好氣候很寒冷……

王：後來他年紀比較大了，也從阿根廷回來，他對自己的人生有什麼看法嗎？

羅：那時後年紀也大了……

王：呂教授在書上的年表做到1996年？那在在1996年文學台灣刊出作品之後，他後來在1997、1998還有再發表作品嗎？

羅：沒有，後來他就過世了。

王：他中風之後才去世的？幾歲？是1997年尾的時候？

羅：是。他虛歲六十九歲時，中風一個禮拜後就去世了。

王：他在去世的時候，是用什麼那一個儀式來安葬的？

羅：就是用台灣一般民間的佛道教儀式而已。

王：他有沒有提到在坐牢的時候，信奉基督教的事情？這對他又有什麼影響？

羅：完全沒有聽他說過這些事情，也沒聽他提過基督教，或者看到他擁有十字架等東西。基本上，我覺得他什麼教都不信。我們結婚之後，有一些如民間七月半的拜拜，他也都沒有拜，都是我一個人在準備而已。

王：他中風、過世之前還有再發表作品嗎？

羅：沒有，那時候就沒有了。那時後感覺就比較差，沒有再寫了。

王：他從阿根廷回來後還有再寫嗎？

羅：如果有的話，也寫了沒幾篇，那時後我就覺得他體力差很多了。

王：那他爲什麼都不吃藥？

羅：我也不知道，怪怪的，呵呵。

王：他發表在心臟詩刊的詩，也是宋先生幫他的嗎？

羅：不是，那是因爲認識呂教授之後，從他那邊推薦而來的。他那時後有到成大來講課，後來心臟詩刊的人因而有來拿稿，不過我忘記是什麼人了。

王：他還在世的時候，有很欣賞那一位作家嗎？

羅：外國的也有，都是很早一代的作家。

王：他喜歡看小說嗎？

羅：他看詩，小說比較少看。他說過拜倫，還有一個會音樂和寫詩的，但我沒有去記是誰。

王：他讀外國詩是早期才有在看，還是一直有在看？

羅：都有，一直都有在看。他看報紙一天都看三、四份，他說政治可以不去管，但是社會的消息不可以不知道。有關政治的事，他都不曾和別人開口。政治影響他太深刻了。他二十歲左右被關，而那時的二十歲比現在的十八歲還要笨，現在的電視、資訊很普遍，小孩比較聰明，報紙也沒有那麼普遍。

王：呂教授有在年表寫到，在火燒島的時候有人想逃亡，他有曾經提過這個事情嗎？

羅：是說曹開嗎？

王：有人想逃亡，曹開也被牽連。

羅：沒有，他說有聽過，但沒有這個事實，海那麼大那有辦法？後來

好像還是有人逃出去，但亦被抓回來，抓回來後好像就槍決了。

王：曹開出來之後有沒有想再去唸書？

羅：沒有，甚至有人說可以回去學校補學分，他也堅決不要，就放棄了。

王：對小孩的教育也是一樣，他都沒有在鼓勵嗎？

羅：他都沒有在鼓勵。

王：對這個制度有些放棄的意味。

羅：是。

王：他在過世之前，有看到孫子嗎？

羅：有，那時有三個。

王：他對子女的教育不是很注重、鼓勵，那他有希望小孩成爲什麼樣的人嗎？妳有聽過他對小孩說過嗎？

羅：有沒有啦，他只說如果可以讀上去的話，那就去讀，只有說這樣而已，沒有什麼鼓勵。

王：他有跟小孩談過以前被關的事情嗎？

羅：沒有，沒有提起，只有在去阿根廷之前，小孩問說那麼遠，語言又不通，爲什麼要去，他才有講起，那時小孩都二十幾歲了。

王：妳有向小孩提過嗎？

羅：沒有，我沒有提過。

王：所以小孩在長大之後才知道父親這段之前的事情？

羅：是。

王：那小還有什麼感受嗎？

羅：小孩也是不懂啦。

王：小孩知道之後，有沒有對這段關於父親的過去，對這段歷史好奇，想要去瞭解嗎？

羅：沒有啦。

王：他怎麼向孩子說？

羅：他講想說他要離開這個傷心地，「傷心地」總是要先說的，然後才說他年輕的時候坐過政治的十年牢。從前的人都想說只要是坐牢的，都是壞孩子。

王：他除了想去澳洲，然後到過阿根廷之外，有到過其他的國家嗎？

羅：有，曾經去旅遊過。

王：他有去過日本嗎？

羅：有。

王：那他到日本有什麼感受嗎？

羅：他就是語言能通而已，我們都是兩個人去比較多，沒有跟旅行團。澳洲是跟團去的，其他大部分都沒有跟團。孤僻孤僻的啦，沒有在跟人家來往。

王：妳和他結婚那麼久，他有說過最快樂的是什麼事嗎？是不是鹽分地帶文學營的那次？

羅：他自信滿滿的呢，他也曾寄信到瑞典、劍橋大學過。

王：是寄他的作品去嗎？

羅：是啊，是一部分而已。他說要參加文學獎。

王：那是什麼文學獎？

羅：那怎麼可能啦，那還要經過人家推薦啊，他根本都沒有，就這樣零零碎碎的去，也不知道寫得通不通順。

王：他自己翻譯嗎？還是有找人翻譯？

羅：好像有找人翻譯，但後來都沒消息，呵呵。他都不知道還需要推薦函，就隨便寄去了……宋先生後來才知道，有笑他說心這麼大。後來出了這本詩集，但他自己都沒有看過（來不及看到）。

王：但我覺得他是因爲把一些不快樂的事情都排除掉了，然後把自信放在文學上面。

（結束）

＊2006年8月23日，筆者到高雄親訪曹開妻子羅喜女士；此圖攝於二樓客廳。（王宗仁攝）

＊曹開描繪在火燒島海邊搬大石的情景。此圖完成於1995年5月25日。（王宗仁攝）

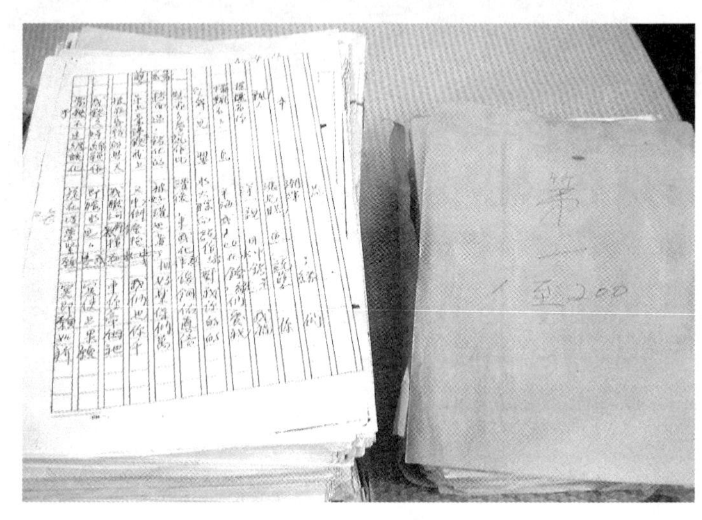


＊ 羅喜女士所提供多達二千多頁，約一千五百首的曹開手稿。（王宗仁攝）

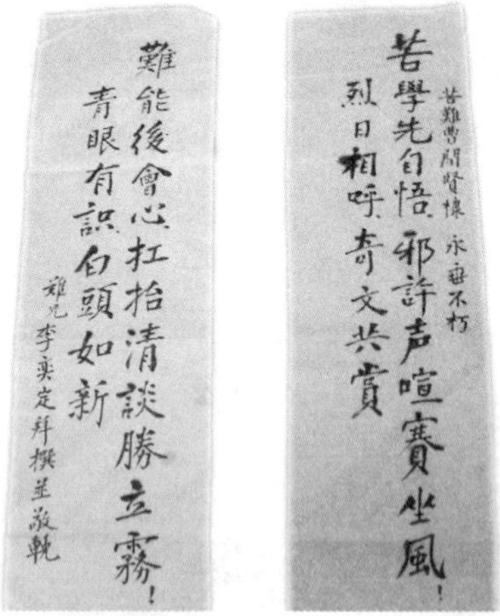

＊ 1949年，曹開就讀台中師範學校時，與歷史老師李奕定非常友好，但後來兩人都因被懷疑涉案而被捕。圖爲李奕定老師在曹開逝世時所寫的輓聯。（王宗仁攝）

# 附錄二：曹開生平年表

| 日 期 | 年 齡 | 事　　蹟 | 台灣大事紀 |
|---|---|---|---|
| 1929年 | 一歲 | •7月10日，生於台中州員林郡東山275番地（今彰化員林鎮山腳路274號）。祖父曹連，祖母魏招（祖籍福建漳州府平和縣土安公派下第十五世賜字輩）；父曹牆，母賴竹美。 | •3月29日，《台灣民報》改名為《台灣新民報》。<br>•10月10日，矢內原忠雄《帝國主義下的台灣》刊行。 |
| 1930年 | 二歲 | | •8月17日，「台灣地方自治聯盟」成立。<br>•10月27日，爆發「霧社事件」。 |
| 1932年 | 四歲 | | •1月1日，郭秋生等人出版《南音》。<br>•3月20日，巫永福、張文環、王白淵等人在東京成立「台灣藝術研究會」。 |
| 1933年 | 五歲 | | •7月15日，《福爾摩沙》雜誌創刊。 |
| 1934年 | 六歲 | | •5月16日，「台灣文藝聯盟於台中創立」，賴和出任委員長。<br>•11月5日，張深切等人創辦《台灣文藝》雜誌。 |
| 1935年 | 七歲 | | •10月10日，開始舉辦「始政四十年紀念博覽會」，至11月28日閉幕。 |
| 1936年 | 八歲 | | •1月1日，《台灣新文學》雜誌創刊，由楊逵、楊守愚負責編輯。 |
| 1937年 | 九歲 | •4月，入東山公學校。父曾習漢文，得其四書五經之傳授。 | •台北州開始推行「國語家庭」，各地紛紛仿效。 |

| 1938年 | 十歲 | | ・5月3日，總督府在台灣宣布「國家總動員法」。 |
|---|---|---|---|
| 1939年 | 十一歲 | | ・5月19日，總督宣佈皇民化、工業化、南進基地化等三大政策。 |
| 1940年 | 十二歲 | | ・1月1日，西川滿、黃得時等人創辦《文藝台灣》雜誌。 |
| 1941年 | 十三歲 | | ・4月19日，「皇民奉公會」成立，由台灣總督擔任總裁，積極推展「皇民化運動」。<br>・12月7日，日軍偷襲珍珠港，太平洋戰爭爆發。 |
| 1943年 | 十五歲 | ・3月，自東山公學校畢業。<br>・4月，入員林公學校高等科，在學一年。 | ・2月11日，西川滿、濱田隼雄、張文環獲得皇民奉公會文學獎。<br>・11月27日，中、美、英發表「開羅宣言」。 |
| 1944年 | 十六歲 | ・4月，員林公學校高等科未及卒業，即考入豐原商業專修學校（戰後改為縣立豐原商職，今豐原高商前身）。 | |
| 1945年 | 十七歲 | | ・8月9日，美軍在日本長崎投下第二顆原子彈。<br>・8月15日，日本天皇發表終止戰爭的詔書。<br>・10月25日，陳儀為「台灣省行政長官公署」第一任長官。 |
| 1946年 | 十八歲 | | ・第一台以真空管建造的電子數字積分計算機（ENIAC）在美國完成。<br>・4月2日，「台灣省國語推行委員會」成立。 |

| | | | |
|---|---|---|---|
| 1947年 | 十九歲 | •6月，自豐原商職初級部畢業，考入台中師範學校。課餘時喜歡到市場看人家下象棋、玩「破棋局」遊戲。 | •1月1日，「中華民國憲法」公佈。<br>•2月28日，發生「二二八事件」。<br>•3月2日，陳儀同意成立「二二八事件處理委員會」。<br>•3月7日，二二八事件處理委員會向陳儀遞交處理大綱，陳儀拒絕接受。<br>•3月8日，台灣省行政長官公署宣布二二八事件處理委員會為非法組織，國軍增援部隊陸續到達。<br>•3月9日，警備總部下令台灣戒嚴，軍隊開始大屠殺。林茂生、陳澄波、陳炘、王添燈等人失蹤或被殺」。<br>•3月12日，「二七部隊」退入中部山區。<br>•3月27日，國防部長白崇禧對全國廣播台灣事件經過。<br>•4月22日，陳儀被免職，魏道明任省主席，成立台灣省政府。 |
| 1948年 | 二十歲 | | •5月20日，蔣介石、李宗仁就任第一任中華民國總總、副總統。<br>•7月，「美援運用委員會」成立。 |
| 1949年 | 二十一歲 | •12月30日，就讀台中師範學校三年級上學期末，發生學生牽涉中共地下學委會組織事件，多名老師與學生被捕，其中數名學 | •1月5日，陳誠任省主席。<br>•4月6日，爆發「四六事件」。 |

| | | | |
|---|---|---|---|
| | | 生被判極刑槍殺，曹開亦被誣指觸犯叛亂條例嫌疑被捕，送台灣保安司令部保密局究辦。 | •5月20日，陳誠宣佈台灣地區戒嚴。<br>•6月21日，開始實施「懲治叛亂條例」、「肅清匪諜條例」，以肅清匪諜為名擴散「白色恐怖」。<br>•10月1日，中華人民共和國建國。<br>•11月20日，《自由中國》雜誌創刊。<br>•12月7日，中華民國政府決定將首都遷往台北，12月8日總統府、行政院官員從成都抵達台北，12月10日蔣介石抵達台北。 |
| 1950年 | 二十二歲 | •7月17日，於軍法處被判處十年徒刑。先囚於台北監獄。 | •3月1日，蔣介石在台灣「復行視事」。<br>•6月25日，韓戰爆發，6月27日杜魯門發表「台灣海峽中立化」宣言，命令美國第七艦隊巡防台灣海峽。 |
| 1951年 | 二十三歲 | •4月，四月底轉囚火燒島。<br>•在火燒島囚禁期間，接觸多位菁英知識分子，奮發廣泛閱讀各類書籍，尤對醫學典籍特別注意，經常請教原籍麻豆的王醫師，然後又精讀再三，紮下深厚的醫學基礎，另外也研究數學，如微積分、函數論、群論等，由此觸動數學詩的靈感。<br>•開始大量寫作不合規律的「改良古詩」，並研究新詩。 | •5月25日，立法院通過「三七五減租條例」，6月7日公佈施行。<br>•5月30日，立法院通過「公地放領」辦法。 |
| 1952年 | 二十四歲 | | •10月31日，蔣經國成立「救國團」。 |

| 1953年 | 二十五歲 | | •1月26日，「實施耕者有其田條例」公佈施行。 |
|---|---|---|---|
| 1955年 | 二十七歲 | •火燒島獄中，多人被控意圖搶奪補給船逃亡，遭受酷刑拷打逼供，曹開亦被誣涉案，全押回台北保密局嚴訊查辦，結果轉送軍法處，多人被處極刑，倖存者寥寥無幾；曹開再被送往新店軍人監獄監禁，直到刑期屆滿。<br>•獄中數學詩大都在此段期間鑽研寫就。 | |
| 1958年 | 三十歲 | | •5月15日，「台灣警備總司令部」成立，原台灣衛戍總部、台灣省防衛總部、台灣省保安司令部、民防司令部等四單位隨之撤銷。<br>•8月23日，八二三砲戰。 |
| 1959年 | 三十一歲 | •8月7日，老家住屋（位於員林百果山附近）被八七水災沖毀流失。<br>•12月30日，刑滿出獄。因怕茲生事端，出獄前將在獄中所寫、偷藏之手稿完全銷毀。<br>•出獄後，警察機關以「調查戶口」名義一個月查訪兩次，並於戶口名簿上簽名，實則為監控行蹤，且往後每次遷居，均需確實向戶政機關報告。 | •8月7日，發生八七水災，台灣中南部災情慘重。 |
| 1960年 | 三十二歲 | •先在家裡幫忙補貨工作，將貨品運到家裡開設的雜貨店<br>•經媒人介紹，認識同鎮羅喜小姐，羅父具進步思想，欣賞蒙冤的「思想犯」，同意兩人交往。曹開作〈藤與樹〉詩，表達對羅喜小姐的深情，求婚亦得其首 | •3月8日，國大審查會通過修正「動員戡亂時期臨時條款」，3月11日總統公佈施行。<br>•3月21日，蔣介石當選第三任總統，3月22日陳誠當選副總統。 |

| | | | |
|---|---|---|---|
| | | 肯，兩人於本年年底結婚。<br>•與妻子同在員林山腳路居住一個多月。 | •9月4日，雷震被捕，《自由中國停刊》。 |
| 1961年 | 三十三歲 | •2月，搬遷至員林果菜市場邊竹棚內，夫妻二人開始在員林果菜市場擺攤營生，曹開為菜販，曹太太賣雜貨；住居之竹棚僅編綁竹片，且鋪地為床，生活甚為刻苦，每有風雨，常被淋成落湯雞。<br>•11月12日，長女桂瑛出生。<br>•年底轉遷至台北，在中央市場設立菜行，為批發生意。 | |
| 1962年 | 三十四歲 | | •3月17日，行政院與考試院聯銜公布「醫事人員檢覈辦法」。 |
| 1963年 | 三十五歲 | •經營菜行生意期間，喊價叫賣，由於必須深夜凌晨處理批貨，生活頗不安定，遂決定搬離台北。<br>•10月、11月間移居彰化縣花壇鄉極偏僻的白沙村，租屋於彰員路二六八號之三，開設簡陋之「西藥房」(即「密醫」、「赤腳仙」診所之俗稱)，利用豐富的醫學知識替村民看病治療；因不辭三更半夜、地點偏僻，勤於服務，對貧者特別優待，不計成本，不久聲譽卓著，患者成群應診。<br>•居住花壇期間，開始大量寫作，憑藉記憶將之前在監獄裡頭所創作之新詩，幾乎完全整理出來，並同時有新作。 | •9月3日，台灣省政府訂頒「山地行政改進方案」，加強山地醫療與衛生。 |
| 1965年 | 三十七歲 | •為了往都市發展，乃南遷屏東縣潮州鎮，在街上開設皮膚肛門專科診所。<br>•5月15日，次女賣理出生。 | |

| | | | |
|---|---|---|---|
| 1966年 | 三十八歲 | •因生意甚佳，房屋租約到期後，身為藥劑師的屋主便收回自營。<br>•移居台南新營鎮，在鹽水路口、復興路魚市對面三仙里四十號，買地自建錫安醫院，仍主治皮膚肛門科。 | |
| 1967年 | 三十九歲 | •4月9日，三女容榕出生。 | •5月19日，立法院通過「醫師法修正案」。<br>•7月28日，內政部公布實施「藥商、藥品管理規則」。 |
| 1968年 | 四十歲 | | •9月1日，九年國民義務教育開始實施。 |
| 1969年 | 四十一歲 | •出售新營之醫院，另至台南善化鎮坐駕里中山路二八一號購地建設綜合醫院，聘請醫師合營。 | |
| 1971年 | 四十三歲 | | •第一台微處理機4004由美國英特爾（Intel）公司研製成功。<br>•6月24日，衛生署准許無照藥商販賣成藥。<br>•10月26日，中華民國退出聯合國。 |
| 1972年 | 四十四歲 | •將醫院賣給共同合營的陳醫師後，遷居高雄市河北一路二五八之五號，轉經營房地產買賣及五金電器用品之切貨批售。<br>•4月16日，四女瓊元出生。 | •9月29日，中日斷交。<br>•12月4日，發生「台大哲學系事件」。 |
| 1974年 | 四十六歲 | | •台灣第一家電腦公司—神通電腦成立。 |
| 1975年 | 四十七歲 | | •神通電腦向美國英特爾（Intel）公司引進第一顆微處理器，研發第一台中文終端機。<br>•4月5日，蔣介石逝 |

| | | | |
|---|---|---|---|
| | | | 世，嚴家淦繼任總統職位。 |
| 1976年 | 四十八歲 | •遷居高雄市松江街三二二號，繼續經營電器、五金業。<br>•至此時期，警察漸漸少來探訪、查察戶口名簿。 | |
| 1977年 | 四十九歲 | | •8月17日，作家彭歌在《聯合報》副刊為文批評鄉土文學，掀起「鄉土文學論戰」。<br>•11月19日，爆發「中壢事件」。 |
| 1978年 | 五十歲 | | •5月20日，蔣經國、謝東閔就任第六任總統、副總統。 |
| 1979年 | 五十一歲 | | •1月1日，中美斷交。<br>•1月21日，高雄地方派系黑派首腦余登發因匪諜叛亂罪被捕，引發黨外人士反彈，在橋頭舉辦戒嚴以來第一次政治性示威遊行。<br>•5月，由李國鼎推動，行政院通過「科學技術發展方案」，以科技作為策略性工業。<br>•8月，黃信介等人創辦《美麗島》雜誌。<br>•12月10日，爆發「美麗島事件」(高雄事件)。 |
| 1980年 | 五十二歲 | | •12月15日，新竹科學園區成立。 |
| 1981年 | 五十三歲 | •母親去世，享壽七十歲。 | •3月，國民黨第十二次大會通過「以三民主義統一中國」案。 |
| 1982年 | 五十四歲 | | •7月，蔣經國提出對中共的「三不政策」。 |

| | | | |
|---|---|---|---|
| 1984年 | 五十六歲 | | •5月20日，蔣經國、李登輝就任中華民國總統、副總統 |
| 1986年 | 五十八歲 | | •9月28日，民主進步黨成立，政府既不承認，也不取締。 |
| 1987年 | 五十九歲 | •8月，在妻子大力鼓勵並親身陪同前往報名之下，參加第九屆鹽分地帶文藝營為學員，以〈天平〉、〈小數點〉獲新詩創作第一名，是為生平第一次發表新詩作品。<br>•得獎後獲得詩壇注意，並開始有詩刊邀稿。<br>•10月，〈圓規三願〉、〈點點點〉、〈値與和〉、〈括弧的世界〉、〈社會的數學辭〉、〈幾何詩〉、〈正與反〉等七詩發表於《笠詩刊》141期。<br>•於《台灣時報》副刊發表〈分析數學〉。 | •7月14日，政府明令宣布，臺灣地區自15日零時起解嚴。<br>•開放大陸探親，11月2日起受理申請。 |
| 1988年 | 六〇歲 | •1月，自生意場中退休，因不堪二十八年來情治單位人員每月不斷的監視、「輔導」，遂萌生移民國外之念，乃前往澳洲旅遊觀察。在澳洲期間聞蔣經國去世。<br>•自謂「要離開台灣這塊傷心地」，因此從澳洲回國後積極辦理赴澳手續，卻在申請「良民證」時發現繫獄火燒島的不良紀錄使他無法如願。<br>•認識宋田水先生。<br>•自生意場合中退休。 | •1月1日，解除報禁。<br>•1月13日，蔣經國去世，李登輝繼任總統。 |
| 1989年 | 六十歲 | •出國，至瑞士旅遊。 | •4月7日，《自由時代》週刊社長鄭南榕自焚身亡。 |

| | | | |
|---|---|---|---|
| 1990年 | 六十二歲 | •此時期完全擺脫警察每個月到家查戶口名簿的夢魘。 | •3月，發生「野百合三月學運」，大專院校學生在中正紀念堂靜坐絕食抗議，要求廢除「法統」國會。<br>•5月20日，李登輝就任第八任總統。 |
| 1991年 | 六十三歲 | •父親去世，享壽八十三歲。<br>•由於被問及想離開台灣的原因，第一次向女兒透露被迫害、囚禁十年的往事。<br>•購買西班牙語文書籍自學。<br>•辦成移民阿根廷的手續，非常欣喜，舉家離台赴阿。曹開在語言上與當地人溝通無礙。 | •2月8日，海基會成立。<br>•2月23日，國家統一委員會通過「國家統一綱領」。<br>•5月1日，宣佈「動員戡亂時期」終止。<br>•5月17日，立法院通過廢止「懲治叛亂條例」。<br>•12月31日，老國代、老立委、老監委全數退職，終結「萬年國會」。 |
| 1992年 | 六十四歲 | •出國，至阿根廷旅遊。 | 5月16日，《中華民國刑法》第100條廢除。 |
| 1993年 | 六十五歲 | •4月，因自覺不習慣當地風土民情，加上思鄉心切，並考量到女兒之婚姻問題，因此自阿根廷返國，再定居高雄旗南路二三二之十三號，繼續寫作科技數學詩。 | •4月27日，「辜汪會談」首次在新加坡召開。 |
| 1994年 | 六十六歲 | •出國，至日本廣島旅遊。 | •10月5日，立法院通過大專聯考廢考「三民主義」的決議，12月29日考試院宣佈下年度起國家考試廢考「國父遺教」、「三民主義」。<br>•12月3日，舉行首屆民選省長、院轄市長選舉。 |

| | | | |
|---|---|---|---|
| 1995年 | 六十七歲 | •2月，遷居高雄市新庄仔路六五之九號，繼續寫作科幻電腦詩、太空玄想詩，但創作數量漸少。<br>•5月25日，完成「揹石者」畫作，掛於家中二樓客廳。 | |
| 1995年 | 六十七歲 | •5月，文評家宋田水邀請清大呂興昌教授前往高雄拜見曹開。<br>•11月，清大呂興昌教授在淡水學院主辦之「台灣文學研討會」中發表〈填補史詩的隙縫：論曹開五〇年代的獄中數學詩〉論文，為國內學者撰文深論曹開詩之先河。 | |
| 1996年 | 六十八歲 | •4月5日，《台灣文學》18期刊登曹開詩五首：〈一旦腦袋開花〉、〈回報〉、〈開釋〉、〈卵石〉、〈麻糬〉等作品。<br>•4月15日，《心臟詩刊》第二十期刊登〈旗幟〉、〈重拾〉、〈陀螺的生涯〉、〈演算；你　我＝0〉、〈因式分解的定律〉、〈魔幻導函論〉、〈〔0〕零主控座標〉、〈高爾夫球賽〉、〈漂鳥與雲彩〉、〈深刻的體會〉等詩。<br>•7月10日，《中國時報·寶島版》刊登女記者張平宜〈心中有數·人生有詩〉專稿，報導曹開獨創數學詩將人生「因式分解」。<br>•出國，至柬埔寨旅遊。 | |
| 1997年 | 六十九歲 | •與詩友陳長庚著手策畫數學詩紀念館、數學詩獎（因猝逝而未成）。<br>•11月13日，於《台灣日報》副刊發表曹開詩選三首〈小數點的詩感〉、〈鐵鉗的教訓〉、〈悠逸的典獄長〉。 | |

| | | | |
|---|---|---|---|
| | | •11月21日，於《台灣日報》副刊發表〈鐵鎚與鐵砧〉。<br>•11月底、12月初左右中風，12月6日（約一個星期後）因腦溢血病逝於高雄醫學院，旋後以一般台灣民間佛道教儀式安葬。<br>•12月4日，於《台灣日報》副刊發表〈訣別〉。<br>•12月8日，次女貴理寫作〈親情（簡愛）〉一詩悼念父親。<br>•李奕定老師手書輓聯〈苦難曹開賢棣 永垂不朽〉悼念曹開，後書「難兄 李奕定拜撰並敬輓」。輓聯：「苦學先自誤，邪許聲先賽坐風！烈日相呼，奇文共賞」、「難能後會心，扛抬清談勝立霧！青眼有識，白頭如新」。<br>•12月1日，《台灣日報》副刊發表〈廢鐵場〉、〈煙與灰的詩趣〉，編者並註明《曹開遺作》。 | |

附註：本表根據呂興昌所編《獄中幻思錄：曹開新詩作品集》一書中「曹開生平年表簡編」再進行增加與補遺。

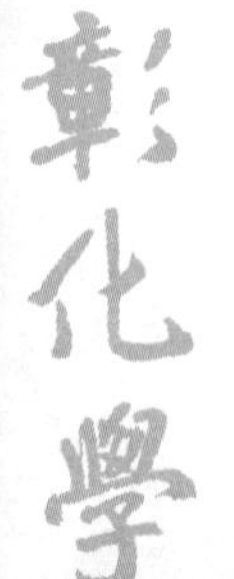

彰化學叢書 005

# 白色煉獄——曹開新詩研究

| | |
|---|---|
| 作者 | 王 宗 仁 |
| 校審 | 蕭 蕭 |
| 編輯 | 徐 惠 雅 |
| 排版 | 黃 寶 慧 |
| 總策畫 | 林 明 德 ・ 康 原 |
| 總策畫單位 | 彰 化 學 叢 書 編 輯 委 員 會 |
| 發行人 | 陳 銘 民 |
| 發行所 | 晨星出版有限公司<br>台中市407工業區30路1號<br>TEL:(04)23595820 FAX:(04)23597123<br>E-mail:morning@morningstar.com.tw<br>http://www.morningstar.com.tw<br>行政院新聞局局版台業字第2500號 |
| 法律顧問 | 甘 龍 強 律師 |
| 承製 | 知己圖書股份有限公司 TEL:(04)23581803 |
| 初版 | 西元2007年12月10日 |
| 總經銷 | 知己圖書股份有限公司<br>郵政劃撥：15060393<br>〈台北公司〉台北市106羅斯福路二段95號4F之3<br>TEL:(02)23672044 FAX:(02)23635741<br>〈台中公司〉台中市407工業區30路1號<br>TEL:(04)23595819 FAX:(04)23597123 |

**定價** 280 元
**ISBN 978-986-177-170-0**
Published by Morning Star Publishing Inc.
Printed in Taiwan

國家圖書館出版品預行編目資料

白色煉獄──曹開新詩研究／王宗仁著. －－ 初版. －－ 臺中市：晨星，2007.12〔民 96〕
面；　公分. －－（彰化學叢書；5）
參考書目：面

ISBN 978-986-177-170-0（平裝）

1.曹開 2.臺灣傳記 3.臺灣詩 4.詩評

863.51　　96020333

# ◆讀者回函卡◆

**以下資料或許太過繁瑣，但卻是我們瞭解您的唯一途徑**
**誠摯期待能與您在下一本書中相逢，讓我們一起從閱讀中尋找樂趣吧！**

姓名：________________ 性別：□男 □女 生日： ／ ／

教育程度：____________

職業：□學生 □教師 □內勤職員 □家庭主婦
□SOHO族 □企業主管 □服務業 □製造業
□醫藥護理 □軍警 □資訊業 □銷售業務
□其他 ________________

E-mail：________________________ 聯絡電話：____________

聯絡地址：□□□________________________________

**購買書名**：白色煉獄──曹開新詩研究

**·本書中最吸引您的是哪一篇文章或哪一段話呢？**____________________

**·誘使您購買此書的原因？**

□於 ________ 書店尋找新知時 □看 ________ 報時瞄到 □受海報或文案吸引
□翻閱 ________ 雜誌時 □親朋好友拍胸脯保證 □ ________ 電台DJ熱情推薦
□其他編輯萬萬想不到的過程：________________________

**·對於本書的評分？**（請填代號：1. 很滿意 2. OK啦！ 3. 尚可 4. 需改進）

封面設計 ________ 版面編排 ________ 內容 ________ 文／譯筆 ________

**·美好的事物、聲音或影像都很吸引人，但究竟是怎樣的書最能吸引您呢？**

□價格殺紅眼的書 □內容符合需求 □贈品大碗又滿意 □我誓死效忠此作者
□晨星出版，必屬佳作！ □千里相逢，即是有緣 □其他原因，請務必告訴我們！

________________________________________

**·您與眾不同的閱讀品味，也請務必與我們分享：**

□哲學 □心理學 □宗教 □自然生態 □流行趨勢 □醫療保健
□財經企管 □史地 □傳記 □文學 □散文 □原住民
□小說 □親子叢書 □休閒旅遊 □其他 ________________

以上問題想必耗去您不少心力，爲免這份心血白費
請務必將此回函郵寄回本社，或傳眞至（04）2359-7123，感謝！
若行有餘力，也請不吝賜教，好讓我們可以出版更多更好的書！

**·其他意見：**

晨星出版有限公司 編輯群，感謝您！

請填妥後對折裝訂，直接投郵即可，免貼郵票。

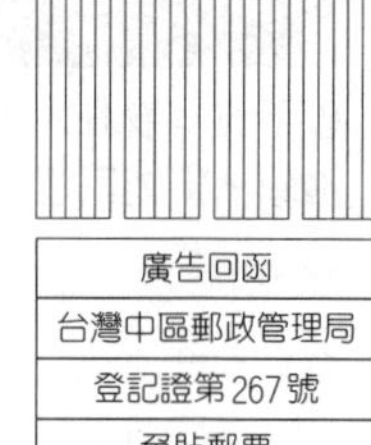


407
台中市工業區30路1號
晨星出版有限公司

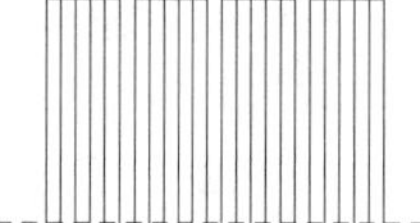

請沿虛線摺下裝訂，謝謝！

# 更方便的購書方式：

(1) 網站：http://www.morningstar.com.tw

(2) 郵政劃撥 帳號：15060393

戶名：知己圖書股份有限公司

請於通信欄中註明欲購買之書名及數量

(3) 電話訂購：如為大量團購可直接撥客服專線洽詢

◎ 如需詳細書目可上網查詢或來電索取。

◎ 客服專線：04-23595819#230 傳真：04-23597123

◎ 客戶信箱：service@morningstar.com.tw

彰化學
杜忠誥書

彰化學
杜忠誥書